營業中

點子出版
IDEA PUBLICATION

推薦序

尚有小說讓我們滿足

理想很遠要出書了，來請我寫序，他說，因為身邊「最文學」的就是我了。社會當下如此，被這樣定型，也不知該高興還是難過，但想想，我們又確是因著文學而認識的，又是多麼微妙。

我和理想很遠相識於 2015 年，那時他是我的下莊，來面試時人很斯文有禮，對答如流。我們是辦文學獎項的學生團體，記得當時問了個問題：文學在香港一向難推廣，你們建議可辦甚麼活動？到了現在，我還記得當時他說，可邀請一些流行或網絡文學的作家與嚴肅文學作家對談，讓兩種文化對話。如此，我便記住了他。

傳統嚴肅文學與流行通俗文學是否必然對立？這種論爭總是沒完沒了：過去也有文學作家自寫大眾流行專欄後，鮮再發表文學作品；但也自有從通俗文學轉型至傳統文學。在 2017 年 4 月舉辦的全球華文青年文學獎小說組講座中，王安憶老師也有提及類型小說與傳統小說可如何共生、互補之態。扯遠了，想說的是，在讀理想很遠的書稿時，我便正看見了兩者的互相影響。

但在談他的書前，我還是想先補充一下他的人。我和他，還有幾個下莊交接時，才發現彼此都不是乖巧安靜的人，於是幾個人，常常喝酒、說八卦、去唱 K，老是玩樂到天明，再坐的士回家，尋常庸俗。偶然談到畢業，便會莫名不願面對，現世紛亂，這一個世代，還有甚麼可憑依呢？

我是帶著這樣的認知去讀他這本書的，這是我首次讀他的文字，很安靜、乾淨，又很無力。冷冷的修正師和他的貓，在那家神秘的小店，見盡客人們的記憶。或甜或苦，或痛苦或快樂，而在根據客人要求修正載體後，新的記憶、新事件的交織，卻也不是如想像中能全然擺脱「遺憾」，這種無力，不正正是生於香港的我們嗎？對於周遭一切的目及，宏至新聞、社會事件，小至家庭與工作環境，跟他人交流，聽彼此的故事，如同修正師讀著客人的記憶，卻也注定無法救贖誰。

小説中，人的經歷與記憶載體以一顆波子盛著，每個選擇而來所發生的事，都會留成波子內的一條紋，並與其他紋路交織，互為影響。「選擇」，從來是生命裡的命題，我們以為的遺憾，那些曾經錯過的事情——「如果當初我這樣做」、「如果那時我沒説那樣的話」、「如果我一直都……」總是在做完決定後，才開始掙扎、猶豫不決，想像另一條路上的自己必定會比當下的自己幸福。於是，「萬事屋」也隨之誕生了。

有趣的是，這並不是一本關於怎樣把失敗的人生隨著光顧「萬事屋」後，因為遺憾被修正了，大家都 Happily Ever After 的書。相反，吊詭的是，由於修正的機會只有一次，而隨該次修正後而發生新的歧路，並不如人們想像中幸福美好。往往在每個故事的中後

期，才漸漸意識到箇中轉折。這也是我最喜歡小說的地方——無論如何，我們都必然有所遺憾。但幸好，尚有小說讓我們滿足、喘息、躲藏。

同為寫小說的人，理想很遠，正如你在自序中所寫，被定義的分數從來與書寫無關，在講求成效與成績的年代，寫小說是這麼無用的事，但也慶幸，我們還能讀到這些「無用」的作品，就像你的讀者們，一同被生活磨折，但仍有這麼一群人喜歡你，便寫下去吧。

李聖華現代詩青年獎推薦獎得主
梁莉姿

遺憾修正

萬事屋

序

故事撰於2017年初春，屈指一算前後只花了一個月寫完。這是我第二部長篇小說，卻是第一部有幸出版成書的作品，即使此刻為自己寫序，我仍是覺得相當不可思議，就如《萬事屋》一樣。

正正因為這是人生中第一篇自序，我不太知道要說點甚麼，也不想貼上乳酪蛋糕的做法，就由寫作經過談起吧。作為一部約八萬字的小說，它比我想像中快完成。原因是寫作過程出奇地順利，沒碰到甚麼阻力。反而是構思世界觀和設定的時候最為糾結。故事的最雛形是一家能修理任何物品的維修店。當時並沒有加入奇幻元素的打算，生怕太多謬誤會為人垢病。在那個設定下試寫了一章，講述一個女子帶著情人的鋼筆來維修。寫了一萬多字，重讀一次已經看不下去，一口氣刪掉。後來苦苦思索，只看到超現實元素這條出路，便不回頭地往那走。於是，先有了盛載命運的波子、象徵選項的絲絮和像牆一樣高的百子櫃，然後又有了修正師和貓，最後成了《萬事屋》。然而我沒忘掉那個鋼筆女子，以她為藍圖寫成了第八夜的客人。

現在回想，如果當初堅持不寫奇幻就不會有《萬事屋》，更加不會有這群讀者。要是真的有遺憾萬事屋，無論如何我也不願剪斷或修正這條絲線。在《萬事屋》剛開始連載的時候反應不算熱烈，後來不知何時熱鬧起來。結局後，大家在帖子為我寫下很多很長的留言，甚至有幾位還親筆抄下了文末那句「願用我三生煙火，換你一世安寧。」。故事的留言不算很多，可是每個都盛載著你們的感受或回憶，所以它們都變得像絲絮一樣可貴。全靠這些留言支撐著我，使我在咄咄迫人的生活中仍能堅持寫作。

連載《萬事屋》前，我一直只活躍於網上討論區，當中還有兩年時間停產。我一直認為走到這裏全因我夠幸運，幸運在舊讀者沒忘記、新讀者的加入，還有出版社的信任。事實上尚記得簽下書約的當天，我還是一個連 F 網站專頁也沒有的作者。

打從中學開始，我就一直以為自己會入讀中文系。夢想在課堂上讀我喜愛的《紅樓夢》，課後寫我喜歡的故事。結果在公開試，我在中文作文只得了 2。誤打誤撞考入了英文系，沒了《紅樓夢》，只有莎士比亞。我曾經因為作文成績未如理想，有好一段時間放棄了寫作，覺得再寫甚麼也只會丟人現眼。後來想開了，評卷的都不過是兩三個老師，所以這個分數也只能代表幾個人，而且我們從來就不打算亦不可能取悅所有人。升上大學二年級時，我重看了一遍《紅樓夢》，同時覺得莎士比亞也不賴。於是就這樣再次拿起了筆桿，寫成第一部長篇小說，接下來又有了第二部，也就是你現在手執的這本書。

這張遲來了四年的成績表，今天我就收下了。

理想很遠

叮嚀嚀嚀

歡迎光臨

目錄

這是每人與生俱來擁有的一次權利。

◆事前須知◆

費用：全免
需時：一小時至一晚不等

常見問題：

【一】為甚麼帶我來這裏？

被遺憾折磨得夠絕望的人就會被安排來到萬事屋，行使這個一次性的權利。

【二】如何修正遺憾？

我們將允許當事人更正自己做過的一個決定，以改變其後的人生。日子不限，只要當事人能清楚說出當日日期。

【三】任何決定都可以更改？

生死有命，改變的決定不能讓死去的人復生，亦不能有意圖地殺害他人。除此以外並無限制。

【四】可以保證成功修正嗎？

不可以。修正師只會按照當事人要求更正決定，最後能否修正遺憾，則視乎當事人及牽連對象（如有）的自我意志和命運。

【五】可以放棄這個權利嗎？

在修正師開始前，當事人都可以離開。

【六】有後遺症嗎？

一旦修正決定，歷史將會改寫。當事人將會喪失一切有關原有決定的記憶；完成修正後，有關萬事屋的記憶將不會存在。

我已閱讀並同意以上條款及細則，在此蓋上指紋作實。我確定要行使修正遺憾的權利，並承擔一切因修正決定帶來的後果。

第一晚 ◆ 打領帶的胖子先生 ◆

第一個晚上
打領帶的胖子先生

叮嚀嚀嚀。

他戰戰兢兢地推開木門，但還是觸動了門上敏感的琉璃風鈴。

「喵——」風鈴聲嚇走了在地氈上打盹的一隻灰色摺耳貓。

他也被突如其來的動物叫聲嚇倒，笨重的身軀連忙後退了一步：「對……對不起。」

「夢露。」我輕聲把貓喚到身邊，好讓客人能夠進來。

這晚來的客人是個打領帶、穿西裝的男人。他提著公事包，襯衣下頂著一個大肚子。他還算年輕，看起來只有三十出頭。

「這裏……」他探頭進來，四處張望：「對不起，我好像很唐突。」他結結巴巴，肥腫的臉頰不停冒汗：「但我聽說，這裏可以……」

「這裏是遺憾萬事屋，你來修正遺憾嗎？」我放下了手頭上的工作，説著這句明知故問的開場白。

被安排來到這裏的人，大多都是透過夢境得知這裏的事情。有的則是在路過時感受到這裏散發出奇幻的氣息，從而被吸引過來。不過這些都是宣傳部的伎倆而已。反正能夠找到這裏的人，都是命中注定。

我就是契約上提到的修正師，工作是幫人修正遺憾。

找到這裏的人，眼中都帶有一份被痛苦籠罩著的沉鬱。

這人也不例外。

聽見我的說話，他點點頭，確定這裏就是夢中見過的地方才踏進來。不足二百呎的萬事屋，每次只會招待一位當事人，其餘時間就只有我和夢露。

「歡迎光臨，」儘管胖子先生是被安排來到，我還是要循例招呼他：「關門時請順手把『營業中』的門牌翻轉。」

他順從地繼續點頭，伸出顫抖的手將木牌翻到「休息」一面。像他這樣慌張的人並不少，我熟練地講著安慰的說話：「別緊張，請坐。我先解釋我的工作，覺得不安的話可以隨時離開。」我指著店內唯一一張高腳椅子，示意他坐到上面。

胖子先生試圖坐上椅子，顯得有點吃力。坐下來的他一直腰板挺直，相當不自然。我的目光不禁落在他緊繃的領帶結，突然明白到這些或許是上班族的通病。這位當事人抬起一直低著的頭，仔細地觀察著萬事屋的一磚一瓦。我和他只有一張吧檯之隔，當事人不能越過吧檯，我也不能離開崗位。在我的背後是個和牆身一樣高的柳木百子櫃，每個抽屜都有一個標籤，寫滿密密麻麻的數字，而裏面裝的當然不是藥材。

我從吧檯下方取出一紙契約，他讀出上面的四個大字：「事前須知？」

我摺起衣袖，回答說：「白紙黑字，童叟無欺。」

他接過契約，仔細地消化著每一個字。良久，終於開腔：「真的……可以刪掉我人生中的遺憾？」他似乎還不大相信，我只好多費唇舌向他解釋：「呃。正確來說，每件發生的事情都是由另一件事情觸發的，對嗎？」

他點點頭，看似明白了，我便試著進一步講解：「憾事不可能像檔案一樣直接刪除，因為每件事情都是環環相扣的。強行刪除會造成記憶缺失，對日後的生活甚有影響。所以，我們只允許你修改一個以往做過的決定，創造一個新的事件環，來避開憾事的發生。」

他似是而非的看著我，我只好再舉個例子：「就比如說有個人來找我，他去遊樂場時丟失了錢包，他很後悔，所以想要修改當日的選項，由『去遊樂場』變成『留在家中』。這樣他便不可能在那天丟失任何東西。」

聽見例子過後，他問道：「這個……就算是成功修正的例子？」我指著契約：「這裏寫著，最終還是要視乎你的意志和命運。意思是，他當天不出門的話當然不會丟失東西，但要是他本人一向冒失，在明天、後天或大後天上學途中也有可能會丟失錢包或其他物品。」

「所以契約才說，我們並不能保證你的遺憾不會在新的事件環發生。」我再補充道。

他恍然大悟的點頭，沒再猶豫，二話不說便把襟袋前的鋼筆拿出來想要在契約上簽名。我連忙叫停了他：「上面說的是蓋指紋吧。」說罷，把一個紅色的墨盒遞給他。他邊收起鋼筆，邊尷尬地笑說：「不好意思，我……還以為是這裏太歷史悠久，合約還未更新。」我邊撫摸著那雙毛茸茸的耳朵，邊說：「這裏的確是很有歷史，不過原因並不是這個。」

他把眼睛稍微瞪大，等待我的答案。

「我們修正師不能知道當事人的名字。」

「啊？為甚麼？」他把粗腫的拇指用力一摁，好奇地追問。我接過了契約：「因為我們的關係只是修正師和當事人。」他似懂非懂地點頭，我補充道：「只會是修正師和當事人。」他不以為然，仍舊坐得筆直。

「那麼，」確認契約生效後，我開始了工作：「先告訴我你的生辰八字。」

他雙眉緊皺，似乎還不太相信我。

「給我生辰八字，幫你改寫一生。」說出口後我才驚覺這句話有點像騙徒。我好氣沒氣地繼續說：「總之先告訴我，你待會一定會相信的。」他思前想後，還是照我說的辦。

「有人⋯⋯試過中途離開嗎？」他說話的時候，眼角不自覺地瞄著門口。

「沒有人一來到這裏就對我的能力深信不疑。他們總會猶豫、躊躇和費煞思量地猜想我到底是不是個騙子。」我倚在吧檯，豎起食指：「可是最後離開的，一個也沒有。」

這是因為，來到這裏的人都太想太想要修正那個遺憾。於是在質疑和相信之間，他們都選擇了孤注一擲。

「甲子年，十月⋯⋯」我沒再和他調侃，站上了爬梯，開始在百子櫃的上方搜尋寫有這個八字的抽屜。我必須站得牢牢，因為夢露老是喜歡趁我站高時在梯子旁左穿右越，弄得這舊梯子搖搖欲墜。

數分鐘後，我手握從百子櫃拿下來的一格抽屜，慢慢步下爬梯。他對這個盒子很感興趣，把身體傾過來這邊看個究竟：「這是甚麼？」

我把被他壓歪了的吧檯稍稍移正，將盒子放到玻璃桌面之上。盒子不大，他只見內裏有好幾十顆透明波子。其中有幾顆相當晶瑩剔透，幾近透明。其餘則夾雜著不同程度的混沌。

「若果要給命運一個載體的話，就是這個了。」我隨意從中拿起一顆，無論質感還是外型都和一般波子無異。他湊近去看我手中那顆近乎透明的波子，問了一個基本上誰都會問的問題：「為甚麼有些是透明的？」

「一顆波子代表著一個人，開始時都是透明的。你每做一個選項，內裏就會衍生一縷絲線。每發生一件事，又會衍生另一條絲線。」我又拿出了一顆相當混濁的波子：「越混濁代表這個人經歷了越多選項，這就意味著……」

「他的年紀比較大。」他搶先回答，活像一個在會議中爭取表現的初生之犢。我點頭說：「沒錯，這些透明的肯定就是出生不久的嬰兒。」說罷便把它們都放回盒子內，笑說：「還有好一陣子他們才會找上門。」

他又把目光放到盒子內，問道：「那我的呢？」

我把盒子推到他面前，說：「知道答案的，就只有一個人。」

胖子先生半信半疑的把手伸進盒子，不消一會兒就從底部掏出了一顆頗為混沌的波子。這次換他堅定地對我說，是這一顆。

我就告訴他，人類對自己的命運總會有一種莫名的熟悉，就連修正師也無法解釋這個奇妙之處。

我轉過身，一邊燒水一邊說：「那麼，你可以開始說出你希望修正的遺憾了。」他深深地呼了一口氣，靦腆的說：「這個……有點難為情。」

「雖然我年紀沒比你大很多，」我仍舊背向他說：「但相信我，我在這裏已經見盡各種的人和各樣的遺憾。」

聽見我的說話，他心有愧色的抓抓頭，還是滿不好意思地說：「其實，我以前的同學，她……要在下個月結婚了。」

修正師不能讀心，但這種遺憾我已經屢見不鮮：「她是指你心儀的女生吧。」

「如果你真的有這個能力的話，我想回到大學畢業那天。」

「你能說出具體的日期嗎？」我端他一杯剛泡好的茶。

「二零一一年十一月二十日。」他斬釘截鐵的說，不帶一絲遲疑。說畢他才接過茶杯，一口氣灌掉了半杯。

他繼續說：「那是我最後一次和她說話，而我竟然只是叫她和我拍張照。」

自那天起，他們不曾碰面，也沒說上一句話。所以，他把這個日期記得那麼清楚。

我仔細聆聽著他提及過的一切細節，一邊觀察著波子的變化。他每喝一口茶，命運載體就越來越軟，而且漸漸地脹大。

「如果可以重來，我會問她能不能和我去一次約……會。」彷彿演練過上百遍似的他堅定地說。

茶杯只剩下零零碎碎的茶葉渣，胖乎乎的身軀倚在牆上，沉沉睡去。

這時候，他的命運載體已經發脹至心臟般大，而且變得相當柔軟。

人在清醒的時候，意識相當堅定，修正師根本無從下手。我們只好令當事人的意識變得薄弱，命運載體才能被切開，從千絲萬縷中找出要修改的選項。

「我要工作了，別礙事吧。」我對夢露說，牠擺出無可奈何的樣子，一甩尾巴，自己找樂子去了。我戴上放大濾鏡，手執一把利刀和一把鉗子。每到了這個時刻，我都覺得自己是個在雜貨店做手術的外科醫生。

「二零一一年。」我重複著要修正的日子，小心翼翼地切開了像麵包一樣鬆軟的載體。鉗子翻開一縷又一縷的幼絲，以找出二零一一年十一月二十日胖子先生身處畢業禮的選項。正因為這樣，我不能確保過程需時多久，越久遠的事情會藏得越深，就連越痛苦的時刻也會藏得越深。

結果我足足花了半個小時才找到目標的絲線。擦擦額上的汗後，我換上更精準的顯微鏡，窺看當日的情況，看準地方下手。修正師和外科醫生一樣，不允許過程中出現任何差錯。一次粗心大意，可以直接毀了別人的一生。

2011年11月20日　下午5時53分　大學後園

【此段回憶未經編輯】

偌大莊嚴的校園有上百條走廊，而在熙來攘往的畢業日，她在迴廊的盡頭留意到他的身影。對她來說是個巧合，於胖子先生而言卻是待了整個學期的收穫。

那時候的胖子先生，還要比現在胖上一倍。難道這六年來，就是這個遺憾使他清減了那麼多？

「咦，你怎會在這裏？」說話的是個高佻的女生，上了一個端莊的妝容，身穿畢業袍的她分外耀眼。

他很高興她會走過來搭話，興奮得結結巴巴：「我——剛好路過。」

我猜這個女生就是胖子先生心儀的大學同學。

「是嗎？終於都畢業呢。唉啊，說不定今天過後就不會回到這裏了。」她不捨的說道，高跟鞋在迴廊敲出縈繞的咯咯聲。

聽見此話，他就知道今天可能是最後一次見到她了。

「可以——拍張照嗎？」他鼓起了畢生的勇氣，雙手還在背後顫抖：「我指——我們。」

她嘲笑著他的腼腆，爽快地答應了。

結果，合照到今天還放在他的錢包裏。

「故事不應該是這樣的。」我望著睡去了的胖子先生說。

我拿著剪刀和鉗子，把那一刻的選項修正。

載體的千絲萬縷在一刻瓦解了，然後在下一刻又再以幾何速度重新交織。看似毫無規律，卻亂中有序，奠定了這個人的一生。

所謂的羈絆，就是在這些絲線中相交纏繞，欲斷難斷的緣。

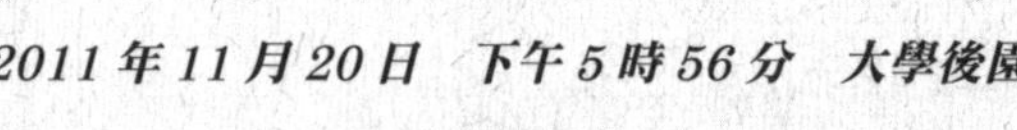

2011 年 11 月 20 日　下午 5 時 56 分　大學後園

【已編輯】

「是嗎？終於都畢業呢。唉啊，說不定今天過後就不會回到這裏了。」她不捨的說道，高跟鞋聲仍然在迴廊揮之不去。

他知道可能以後都無法再見到她。雖然能夠和她說上兩句話已經很滿足，可以合影的話就更好——但他還想要更多。

「樂兒，」他雙拳緊握，用衫袋隱藏緊張：「畢業之後，我們還可以見面嗎？」

對了，胖子先生。

說吧。

在載體外窺看的我心中暗道。

好好把握的話，說不定在下個月和她共諧連理的人就是你。

這個叫樂兒的女生眉頭稍皺，不明白他的意思。

胖子先生深深吸了一口氣，補充說：「我的意思是，比如約你去看齣電影，或者吃……頓飯……」他的聲音越來越小，他覺得她不會答應。

她低下頭，他看不見她的表情，這刻他只覺丟臉得想馬上逃跑。

「好啊。」她抬起頭，彷彿做了一個重大的決定。

多年後胖子先生或許已經記不起今天的一切。

他只會記得在這刻，嘴上的這個弧線翹得很好看。

「那等你打電話給我。」在走廊分別時，她就只留下了這句話。

這八個數字儲存在手機已經好幾年，在今天才接到撥通的訊號。

太好了。

雖然不知道結果會怎樣，但她能給胖子先生一個機會，實在太好了。

我在暗自喝彩。

「對吧？」我稍微抬起顯微鏡，對夢露說。

牠好像聽懂了，呼嚕呼嚕的叫著。

我拿起了旁邊的針線，正打算縫合載體的裂口之時突然冒起了一個念頭。

我想看看他們之後怎樣了。

雖然已經為過數之不盡的客人修改選項，很多時候我還是會很好奇，到底修正後會為他們現在的生活帶來了怎樣的改變。

2014年12月24日　晚上11時50分　海旁行人走廊

【新增的回憶】

三年過去了，兩人由大學校園的迴廊，走到掛滿聖誕燈飾的海濱長廊。

已經結上領帶的胖子先生消減了不少，旁邊的樂兒亦換上一頭曲髮，搖身一變成為了職場女性。沒變的只是她還踏著一雙高跟鞋，在地面上敲出自豪的節奏。

這晚只有幾度，她把冰凍的雙手藏在毛絨大衣的口袋：「今年聖誕真的──好──冷──」

「送你回去吧，好嗎？」儘管沒有下雨，胖子先生還是手執一把雨傘，生怕天氣會突然轉差。

「呃，不要。」她一下子回絕了他的細心：「今年的燈飾很好看，多待一會兒吧。」

他嘲笑她的幼稚：「你在上年和前年不都是這樣說嘛。」說罷，他把沉沉的背包放到胸前，像是要找點甚麼。

她也跟著笑了：「對啊，可能是因為一直也有你在旁吧。」

他從背包拿出了自己親手編織的圍巾，體貼地裹著她。

他覺得，圍巾可以代替自己抱住她。

「感謝你陪我走過這三年的平安夜。」鞋跟聲終於靠著海邊停歇下來。

胖子先生走到她的旁邊，輕聲回說：「不用。」

說罷，他把視線放到腕錶之上，不眨一眼。

待時針和秒針終於碰上頭，他方肯把視線移到她的臉上，誠懇得有如向蒼天許願般說：「樂兒，聖誕快樂。」

她嘗試顧及儀態，用手掩住不能自控的嘴角：「——謝謝，聖誕快樂。」

胖子先生心中暗想，能夠成為每年第一個親口祝你聖誕快樂的人，我又怎會不快樂。

「走吧，」他用力把自己從甜美的氣氛中抽離：「你該回去了，他應該差不多打電話來吧。」

他？哪個他？

喂，胖子先生，你到底在說甚麼？

她的臉上稍露失望，然後馬上又抖擻了精神：「對啊，我們走吧。」

正當他們想要離去之際，水滴一點接著一點的從天而降。

胖子先生撐著寬大的雨傘，和她漫步到車站。

高跟鞋的聲音總會令他感到安心。

他抬頭看著雨傘，頓時明白到自己的肩膀不夠寬敞，去為她遮風擋雨。

「下年，我們再一起過平安夜。」她說。

他單手舉著沉重的雨傘，借黑暗隱藏苦澀的笑容：「直到你披上嫁衣之前，我永遠都會把平安夜騰空出來。」

「謝謝。」她再次道謝。因為除了這樣，她已經不知道還能怎樣把氾濫的感情還給他。

交通燈轉成綠色，車站就在對面。她快要離開，但他每年都開不了口嚷她留下來。他知道，她終歸要回到另一個人的身邊。

濛濛細雨中他還撐著傘，謹慎地為她擋住每一滴雨水。

他把步伐放慢，偷來一點和她獨處的時間。

剎那間，一輛超速的跑車沒能及時在交通燈前剎停。

載體的畫面最後停留在胖子先生用盡全力推走她的情景，然後只剩車頭燈刺眼的光芒。

胖子先生醒來的時候，天已經差不多亮了。

「這個……完成了嗎？」恢復意識過後，他第一句就問起修正的結果。

我輕掃著夢露熟睡的頭顱，感受牠溫暖的氣息。

「嗯。」我向他確認：「現在你的記憶應該還停在修正之前，對嗎？」

他又坐直了身子，說：「對，為甚麼我在當日還是只和她拍了一張照？」

我截停了他的說話：「已更正的記憶和改變決定帶來的後果，都會在你踏出萬事屋後生效。」

他擺出恍然大悟的樣子，正想離開之際又問道：「所以……你是知道現在我和她怎樣了嗎？」

我想起那個笨拙的身軀卑微地撐著雨傘，想起他得知跛了一條腿時絕望的表情，更想起幾個月前樂兒親口向他宣佈的婚訊。

「嗯，但原諒我不能告訴你。」修正師不能在新記憶生效前，向當事人透露他們的命運。

他點點頭，表示理解。

「在畢業禮之前，你就知道她有男朋友吧。」這次換我叫停了他：「為甚麼不選擇在那個男生認識她之前表白？」

胖子先生久久不說話。

雖然與我無尤，但對於無法修正當事人最大的遺憾還是覺得相當可惜。情況就好比醫生以為自己完美地為病人切除了腫瘤，後來才發現他還有隱疾，最終還是活不下去那般心酸。

他說想要鼓起勇氣約會她的時候，我還以為他想要在畢業禮那天開始追她，令自己變成她的新郎。

胖子先生無奈地擠出一個笑容：「我是故意在她談戀愛後才去約會她的。」

「以我的條件，絕對不能成為她的情人吧。」他看著牆上的一面鏡子，嘲笑著鏡中的人：「況且，其實還有一個自私的原因。」

「自私？」我實在無法把這個詞得和他連上。

他笑說：「比起情人，我更想成為她的守護天使。這樣的話，她便更加不能忘記我了。」

「不過，我太重了，就算是天使也應該是飛不起來吧。」

我和他一同失笑起來，夢露被我們吵醒了，伸了一個懶腰。

「你知道嗎，現在不流行甚麼守護天使了，太落伍啦。」我引用上幾星期來光顧的一個小伙子說的話：「現在的年輕人，叫你這種人做『兵』。」

他雖不太明白這個詞彙，還是樂觀地答道：「士兵聽起來也不錯，好像比較威武。」

「但我覺得，天使更適合你。」我對他說。

「那麼，我先走了。」胖子先生把領帶稍作整理。

我看著他笨重地從椅子跳下，雙腳穩穩的著地。希望丟了一條腿的他會長出翅膀吧。

我別過臉，把他的載體收好，說：「後會有期。」

我知道她會把你牢牢記住的。

他離開時，我在心中向他說著這麼一句話。

我永遠無法知道胖子先生會否後悔用了一條腿去換取和她更親近的關係。因為他踏出這個門口以後，他再記不起三年以來的單思有多煎熬。他只會記得她偶爾施捨的熱情，只會記得每年一起過的平安夜，只會記得自己曾經當過一次英雄。

或許對於他來說，能令她把自己記得更深就足夠了。

或許於我們而言這個結局並不完美。但對當事人而言，他花了一生人僅有一次能創造奇蹟的機會，去讓自己名正言順的當一次兵，捍衛自己喜愛的女人。

從此，他的人生就不再空白。

胖子先生提著公事包，推門離開。

風鈴聲*叮嚀嚀嚀*的，接駁了現實和理想之間的裂縫。

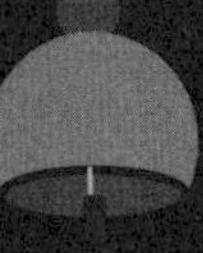

第二晚・戴眼鏡的女學生

第二個晚上
戴眼鏡的女學生

這是胖子先生離開後的一個晚上。

碰到深刻的案例時，偶然我也會在想他們現在到底怎樣了。不知道他們把遺憾修正以後，有過得更好嗎？

可是，每個人只有一次修改遺憾的機會。換言之我和他們度過的每個晚上，都是一期一會。

會者定離。在這裏，去者更是從來不返。

叮嚀嚀嚀。

這次推門的是個穿著校服裙的女生。一頭長髮被髮圈綑成馬尾，在燈光下烏黑得發亮。

稚氣的臉蛋緊抿嘴唇，久久不說話。

「歡迎光臨，這裏是遺憾萬事屋，」我再次說著早已設計好的對白：「來修正遺憾嗎？」

她的眼神閃過一瞬光芒，那是希望吧，我想。不戴眼鏡的話，她的雙眼應該會很好看。

「進來吧，請坐。」我望向吧檯前的高腳椅。她把背包從肩膊卸下，悄悄地舒了一口氣。袋子拉上了拉鏈仍是鼓鼓的，不禁質疑這個瘦小的女生怎拿得起來。

她沒有問題，也沒有說話。

寡言的客人並不罕見，我習慣從他們的生活打開話匣子：「剛放學？」

她搖搖頭，說：「我從自修室過來的。」

「哦，」我嘗試推測：「快要考公開試？」

這個女學生在點頭時總會習慣抬抬眼鏡。

「那我快點完成，不礙你溫習。」我拿出了契約書，放到她眼前。以防當事人又沒看清楚條文，我把染上紅色的墨盒放在旁邊。她把契約當成是考試卷一樣，好好咀嚼上面每一顆文字。

「只有，一個嗎？」她終於提問。

這種問題我已經見慣不怪，問的人不是不認得字，只是貪婪地想多要個機會。

「你有很多遺憾嗎？」我反問道。「我看你只有十七、八歲。」

她否定我的説話：「不……只有一個。」她又陷入思考：「倒是不知道該修正哪個選項才好……」

「這件事真的該好好考慮。」我提供著專業的意見：「你知道我們不能夠保證遺憾可以消除。因為要是這件憾事是命中注定要發生的話，終歸都會發生的。能夠避開當然最好，但你還可以透過更改選項，試著去改變它發生的形式，又或者延遲它發生的時間。」

「我明白。」看起來是個聰明的孩子。有時候碰著腦袋不靈光的客人也令我很苦惱。多點像她的客人，不用多費唇舌去解釋就好了。

「決定好了，」她抬抬眼鏡，一字一頓的説：「在二零一五年的九月一日，我不要戴眼鏡上課。」

「眼鏡？」我禁不住再三確認：「這個機會，一生人只有一次。你決定要用在眼鏡上嗎？你可別想著先試驗一下……」

未畢，她截停了我：「我知道，我知道。」

説罷，她用力地蓋上指紋，把契約遞給我。她的眼神異常堅定，不許我存有一絲質疑。

找到了命運載體後，她四處張望，突然問道：「這裏可以吃東西嗎？」她又說：「我下課後就直接到了自修室，一直也沒時間吃飯。」

我笑說：「當然可以，我給你沏茶。」

說罷，她從背包拿出了一個飯盒和一份三文治。

我暗暗驚歎她的食量，吃這麼多還不會發胖的身體應該很教人羨慕。

「學生都是這樣忙嗎？」待她把茶喝完之前，我和她調侃。

她一邊咀嚼一邊說：「大多吧。至少我們學校是這樣。」

我認得她的校服，是港島區數一數二的女子名校。

「你這麼用功，不用擔心啦。」看她溫習到這麼晚還不回家，想必一定很大壓力。然而離開了校園多年的我，早已記不起考試前的忐忑。

說不了多少句她就把茶喝完，安靜的睡去。

我留意到鏡片下的一雙黑眼圈，她應該很久沒睡得那麼酣吧。

「喵──」這時候夢露才溜出來。

我嘆了一口氣：「我正要開始呢。」牠想要和我對話般的雙眼用力一眨，活像兩顆圓溜溜的淡黃色波子。我一直也覺得，夢露是我看過眾多貓之中，最好看的一隻。明明世上就有那麼多隻灰白混毛貓，唯獨牠身上紋路竟長得像雲石。

牠伏在吧檯上，不動聲色的看著我。我也沒理會牠，把這個不算太混沌的載體放到面前。

她只有十七歲，應該不會太複雜的。

我在盤算著自己下班的時間。

到底發生了甚麼事，令眼鏡女生這麼執著？我熟練地切開了載體，迎接答案。

2015年9月1日　早上9時13分　課室

【此段回憶未經編輯】

課室不算很大，只有二十多張桌椅。上面坐著一式一樣的女學生，穿著同樣的校服，梳著一樣的頭髮。

我找到了眼鏡女生。她坐在課室中間的位置，一如既往的安靜。

這下子我才發現，原來班上只有她一個人戴眼鏡。也對，這年代的女生都流行佩戴隱形眼鏡。我冒出了一個荒謬的想法，然後搖頭否定自己。她這種聰明的女生，才不會為了轉換形象而堅決修改這個選項。

班上所有的女生都看著同一處。一個在黑板前講話的中年男人梳著整齊的平頭，身穿淨色襯衣。他拿著點名簿，努力配對著名字和面孔，直至目光停留在那副笨重的黑框眼鏡上。

「你，」他拿著粉筆，指著眼鏡女生說：「近視很深嗎？」

課室的目光一下子都落到一張臉上。她非常尷尬，答不上一句話。

「坐到前面來吧，看黑板容易點。」他指著教師桌前面的座位。眼鏡女生一言不發，狼狽地執拾細軟。

我在這裏就該幫她修改選項，但我很好奇是甚麼事情令她執意在這天除下眼鏡。我看看鐘，進行簡單的運算後還是放下了鉗子。

2015年10月15日　下午6時53分　課室

【此段回憶未經編輯】

課該上完好一段時間了，眼鏡女生還在課室。

其餘的同學早已離開，只有她還在教師桌前面的座位上，桌面舖滿了課本。

她看得太入迷，甚至沒能發覺旁邊站了一個人。

「這麼晚了，你還不回家？」這是開學日在班上說話的中年男，也就是班主任。

眼鏡女生被嚇倒了，回過神來才能答話：「我在溫習考試。」

眼鏡女生一向不是個健談的人，甚少和老師打交道。不過她聽說這個老師平易近人，閒時也會和學生開玩笑，在校內相當受歡迎。

「考試？」他疑惑的問：「兩個月後的那個？」

眼鏡女生抬一抬笨拙的眼鏡：「我習慣……早點準備。」

這種勤勉的學生已經很少見了，老師在心底裏不禁對她讚歎。

「不回家溫習？」他又問。環顧四周，就只有這個課室還在亮燈。

她滿不好意思地低下頭：「我媽昨天説這月的電費太貴了。」

老師霎時明白了一切，開始執拾桌子。眼鏡女生沒能反應過來，只得怔怔地看著他。

「校工會趕學生走的，」他想起了她在開學日狼狽的樣子，單手攬著她所有的書本：「來教員室吧。」

難怪他那麼受歡迎。

眼鏡女生暗想，心懷感激地尾隨他。

2016年11月31日 晚上7時11分 課室

【此段回憶未經編輯】

一年過去，眼鏡女生由中四的課室搬到中五。她還是坐在教師桌前面的位置，天黑還未離開。

「同學，你怎麼還在這裏？」低沉的聲音讓她從書本中抽離。

抬頭一看，疲憊的臉終於綻放今天第一個笑容：「我就知道是你了。」

他坐到她凌亂的桌上，幾張工作紙飄落地面：「聽其他同事說，你今次成績不錯。」

她不自覺看著掉落的紙張，謙虛地說：「還好吧。」

「對了，」他說：「我科功課的分組名單上找不到你的名字。」

原本在書寫的手停下了來，她也猜到他早晚會發現。

「怎麼了，你和班上的人相處不來嗎？」他著急起來。要是班上有甚麼欺凌事件傳到校長耳中，身為班主任的他必定難辭其咎。

他負責任教經濟科，這學期要分組完成功課。他不知道同學在下課後嘲笑她，説她家裏的人就是小時候沒唸好經濟，所以才會窮。她無言以對，事實上她的母親連學也沒上過。

眼鏡女生原本以為自己喜歡唸書是因為自己真的喜歡，可是長大後才發現原來除了唸書，她根本負擔不起其他娛樂。到現在她更發現，除了努力考入大學，他們一家並沒有別的路可以走。

「因為我覺得我可以一個人完成啊，」她是個聰穎的女生，總能夠想出令他信服的謊言：「我想要挑戰一下自己。」

他喜歡她，大概就是因為她與眾不同。

「而且，」她補充說：「我還有神隊友加持。」說罷，她撞撞他的手肘。

而她喜歡他，大概沒有甚麼因為所以。

「差點忘記告訴你，」他像突然想起甚麼的說：「這學期的班會費幫你搞定了。」

她馬上拿起桌上一本筆記，把這個數目記下：「我會儘快還給你的。」

「謝謝你。」她漲紅了臉，直視著他。

他擺擺手，笑說：「你剛剛不是還了嗎？」

分針又跑了一圈，她在座位埋頭苦幹，他則坐在教師桌，專心一意的看著她。

「甚麼時候回去？」他看著桌上密密麻麻的筆記，草草掀起一頁：「怎麼唸也唸不完吧。」

眼鏡女生沒理會他，翻開了另一本筆記：「你知道的，我想考入醫學院。」

「你一定可以啦。」他開玩笑説：「我用了考評局數據幫你量。」

她笑説他説的話不像老師，他説在她面前他已經不是老師了。

在沒幾個人的學校，她坐上了他的座駕。引擎一響，車輛從學校後門揚長而去。

她拿掉眼鏡，揉揉眼睛。

「醒了？」我從爬梯走下來。她睡得太久，我已經把載體收好。

眼鏡女生環看四周，語氣帶點急躁：「怎樣了？」

我蹲在地上，給夢露解開亂作一團的毛線球，沒有回答她。

「到底怎樣了？你有幫我修改嗎？」她開始著急，乾脆站了起來説話。

夢露跑到我的身旁，重新用毛線把自己捲起來。牠先把毛線球踢得遠遠，放出一條長長的毛線，然後自己躺到一端，在木地板上翻滾不斷。

我每天就是這樣看牠幹傻事，看上一整天。

她再也不耐煩，語帶慍色地反覆催促我。我不徐不疾的站起來俯視她：「事前須知，你有在認真看吧？」

「有。」她放輕了聲線，靜靜地坐下。

我收回她喝完的茶杯，放到鋅盤上沖洗。冰水溫柔的從水龍頭細流出來，我們誰都沒有說話。

「我沒有幫你完成任何更改。」

我平靜的說，順道把工具收好，這晚應該不會有其他客人來了。

她霍地抬起頭來，睜大眼睛的看著我，不敢相信之餘還帶點嗔怒。

「算了，」良久，她背上袋子，不屑地說：「早就知道是騙人的。」

我沒被她的說話惹怒，反正她也不是第一個說這種話的人。

「騙人的話，我就不會知道你明知故犯。」

聽見此話，她停下了一切動作。

我拿出她蓋上指紋的契約，指著其中一行讀出：「生死有命。這裏清楚寫著『改變的決定不能讓死去的人復生，亦不能有意圖地殺害他人』。」

「看不見的也是生命。」平日我只會面對客人和貓，很少會這樣字正詞嚴的說話：「更何況，你還能感覺到。」

她沒有說話，在檯底下的一隻手輕輕放在腹上。

「我只感覺到罪惡。」她的語氣瞬間由冰冷轉為不忿：「不是說可以幫我刪除遺憾的嗎？為甚麼不讓我重來一次？這裏說的，這是我與生俱來擁有的權利，不是嗎？」

「沒錯，」我仍然保持平靜：「可是當牽涉到別人的生死，就不是由你說了算。」

「你不是神嗎？」她的雙眼洋溢著絕望：「就是由你說了算啊。只要你首肯，不就可以嗎？」

「你想多了，」我糾正她：「修正師只是凡人。」

「我可以再選一次嗎，這次我——」她放下了背包，佯作是剛來到的樣子。

夢露不知從哪跳上了吧檯，站到我和她之間。

我輕輕揉著牠的一雙摺耳，對眼鏡女生說：「你是個聰明的孩子，你知道不可以。」

她努力表現冷靜：「可是，我還未使用這個機會啊。」

「修正師不能為違反契約的當事人進行更改。」我覺得自己在耍官腔，連忙調和一下：「抱歉。」

眼鏡女生似是放棄般攤坐椅上，默不作聲。

「你打算怎樣？」我在她的命運載體看到，她把懷孕的事告訴老師後，他翌日就辭職了。那天，班上另外兩個女生都哭得很慘。事情傳到另一位班主任耳中。在接下來的一天，女班主任也突然辭職了。

自此，他在她們的生命消失，沒遺下一句話，只留下一個對眼鏡女生而言還太重的包袱。

儘管我在這裏見盡各種個案，像這種還是會令我覺得心酸的。

有時候也會慶幸，原來我還未麻木。還好，我對這世上的一切尚有感覺。

來自貧困家庭的十七歲女生，在地區名校永遠名列前茅，還順利考入了大學醫學院。可能上天嫌這個故事太勵志、太順利，只好加插些波折，好等世人別太幸福。

「就算你沒戴上眼鏡，他也會另找機會去接近你吧。」我說。

我沒告訴她，也許這就是所謂的命中注定。

她也沒答話，我甚至不知道她有沒有在聽。

「你知道他沒你想像中那麼好。」

「所以才後悔啊。」她冷笑一聲，欲哭無淚。

「休學吧。」我說：「把孩子生出來，休養好再考試。」

她瞪大了眼睛，不敢相信我的話。

「你就是需要這樣的建議，不是嗎？」我說出自己的假設：「你甚至不會和任何人提起這件事。」

我的視線無法從她身上移開，想要看穿她是怎樣度過這段時間。

在公開試前得知自己懷上了孩子，唯一可依靠的人一走了之，還要裝作若無其事般繼續上學，甚至在自修室溫習至夜深。

「養一個孩子要很多錢。」良久，她終於答話。

這只是藉口，我笑說：「這地方雖然很不濟，但你無論如何也不會餓死的。」

眼鏡女生又再抬抬眼鏡，我猜這應該是她在思考時的小動作。

她又再提出新的理由去反駁我：「我想要考進大學，然後做兼職開始賺錢。休學去生孩子的話，這一切都要延遲。」

「你想考進醫學院？」我記得她在載體說過的話。

她點點頭，我繼續問：「為甚麼？」

「因為可以賺錢。」

「這是標準答案，不是你的想法。」

被我看穿了的她又再低頭，輕聲説：「我想救人。」

她的回憶片段不少都是進出醫院的場景。她母親是長期病患者。

「好，這樣的話，」我直視她的雙眼：「就救救你肚中的孩子。」

聽見此話，她又再把雙手放於腹上。

靜下來的時候，她都能感受白色校裙下那顆微弱跳動的心臟，彷彿用力的告訴她，他在拚命生存。

「你感受到他的存在嗎？」我問她。

她猛然點頭，眼鏡下的雙眸終於滴下第一顆淚。

「以後的路會很難走，」我不得不把現實告訴她。

「讓他陪你吧。」我繼續説。

修正師不能預視未來，但直覺告訴我，她把孩子打掉會是另一個遺憾。到時候，她已經沒有機會可以修正了。

「很多人一輩子也不會經歷的事情，你在十七歲已經經歷過了。」

我笑說：「不過要是神明的確存在，祂也會保佑你的。」

「雖然到最後甚麼也沒有改變，」她說：「但你的確有魔力，所以才知道那麼多事情。」

「恕我不能解釋給你聽，」我抓抓頭，不知該怎麼說：「不過如果能令你覺得安心的話，就把我當作神吧。」

換著是其他同齡女生，我或許會勸她們打掉孩子。但在她身上，我看到了一個對一切事情都充滿努力和堅持的女孩。和她對上眼的一刻我便覺得，她應該夠堅強走下去的。

這天晚上我沒有為她作出任何改動，所以她對萬事屋的記憶將會保存下來。

只是在夢迴之時，她再也不會找到萬事屋的入口。

「孩子必定會遺傳到你的聰明和堅強。」

修正師和當事人永遠不會再見，但願這個大叔今天所說的話能成為她日後走下去的一點支撐。外面世界不會明白她的決定，因為支持她的人存在於只有她看得見的幻象之中。

叮嚀嚀嚀。

眼鏡女生吃完剩下的半盒飯，背上沉沉的背包，吃力的推門離開。

右手一直放在腹上，半分也沒移開。

第三晚・蓄長髮的背包客

第三個晚上
蓄長髮的背包客

最近風起，我給夢露添了張毛氈。自此，牠就窩在角落不願走動。

除了修正遺憾，我的工作還包括照顧一隻要冬眠的貓。

日前遺下的貓毛散落在吧檯，我拿出毛巾用力的抹。

其實貓毛對載體不會有甚麼影響，只是我喜歡把自己當作一個一絲不苟的外科醫生。

說到底，我還不是一個清理貓毛的雜工。

在沒有客人的時候，我都會努力的找事情幹，然後努力的幹，幹完後更努力再找別的事幹。為的只是不讓自己有一刻思考的時間。一旦開始思索，哪怕只是小事一樁，情緒都會變得不可收拾。畢竟，雜物比思緒更容易收拾和整理。

叮嚀嚀嚀。

這晚的當事人留有一頭及肩的曲髮，飄逸地散落在那張過大的民族風披肩之上。要不是他滿臉的鬍渣，我可能會誤會他是個女生。再仔細觀察，不難發現他黝黑的膚色刻劃了手臂上強悍的線條。在他背上的大背包中，民謠結他露出了半支琴頸，琴頭夾著一個生銹了的變調夾，六個弦栓還纏著換弦後過長的弦線。

「歡迎光臨，這裏是遺憾萬事屋。」我又再説著同樣的開場白：「你是……」

「噢，是真的！」背包客興奮的説，跑過來和我握手：「我還以為是幻覺。」

　　這種熱情的客人並不常見，我有點不知所措：「是真的，你不需要那麼使勁。」

　　我連忙把手縮回，把清潔步驟重新做一次。

「真酷，我很喜歡這家店的風格。」他亢奮地説著英語。

　　我表現得毫不興奮，語調平淡的潑了他一盤冷水：「事實上小店並沒甚麼風格可言。百子櫃是從中藥舖偷的，吧檯是從舞廳偷的。看，就連那個風鈴也是在玩具店偷的。」

「偷？那就更酷了！」他對周圍更感興趣，看來我錯了。他對我的不滿視而不見，還讚歎這裏混合了工業和東方風格。

說到興起，他才留意到一直在角落觀察他的夢露。

背包客放下背包和結他，蹲到夢露面前指著牠的鼻子說：「那牠是從哪偷來的？」

雖然夢露一直習慣板起臉，但牠這刻的表情變得更難看，完美演活了廣東話的「西口西面」。我嘗試扳回正題：「先生，雖然你看起來過得很好，但是循例也要問一句，你有遺憾要修正嗎？」

來到這裏的人，大多被痛苦的氣息籠罩，要不就是帶著不信任，步步為營的走進來。我從來沒看過一個客人，像旅行團似的四處參觀。

「遺憾？有啊。」他不加思索就回答：「就比如說我在昨天捐了二十塊錢給地鐵站外的老婆婆，害我今天不夠錢買啤酒喝。」說起來他還重重嘆息。

我沒好氣的向他解釋：「這真的有夠遺憾。可是這個修正遺憾的機會，一生人只有一次。你真的要花在老婆婆身上嗎？」

「噢，不要。拜託，千萬不要。」他連連說不。我發現這人一緊張便會說起英語來。

「你是本地人？」我聽他的中文還很標準，操著不是一個外國人能學習回來的腔調。

他坐到高腳椅上，盤腿而坐：「我在香港出生，十八歲開始當上背包客。」

「對了，順道告訴我你的生日吧。」我一隻腳踩上了爬梯，準備搜索百子櫃。

「不瞞你說，正是今天。」

時針剛過十二點，這是他的二十八歲生日。

隻身在外闖蕩了十年的人，的確不簡單。

「其實我對十八歲前的生活沒甚麼記憶。」他不大在意的說：「因為離開這裏後的人生太精彩了。」

我不同意，沒有一段回憶是毫無意義的。

但這句話我沒有說出口。回憶是一種私密，當它的主角不在乎，我也沒資格去賦予它一個意義。

我在心中暗忖，他的經歷這麼多，待會處理起來肯定很麻煩。

真頭疼，希望只是些簡單的工作。

「說起人生最大的遺憾，我倒是有一個。」他終於切入正題：「不過那已經是九年前的事，真的可以改變嗎？」

我胸有成竹的答道：「只要你能說出當日的日期，我就能辦到。」

他展出一張苦惱的臉，搔搔頭說：「這個，有點難。畢竟已經很多年前……」

說到一半，他像突然想起甚麼似的，停止了說話，把背包放在大腿上搜尋起來。

背包客的背包有半個人般高，而且內裏似乎放了不少東西。雖然不知道他想要找甚麼，總感覺與大海撈針無異。

不知過了多久，他掏出一張明信片，遞到我面前。

「這裏是？」明信片上的地方我應該沒有去過。一座古色古香的古廟座落在層巒聳翠的深山之中，籠上一層霧氣更添神秘。

「西藏。」他回味的說：「我停留得最久的一個落腳點。」

「你的遺憾留在那裏了？」我猜測。

他把明信片翻轉，寫著一個問題和一個日期。

我又說：「哦，一個女生寫給你的？」

他搖搖頭，答道：「是我寫給一個女生。」

想不到這個蓄長髮、留鬍渣、看上去有點不羈的背包客，竟然能夠寫出一手秀麗的字。

「本來想在當天把明信片交給她，結果我還是選擇了離開她的地方，繼續旅程。」他看著西藏的眼神仍然相當婉惜。

「所以，你是想要改變當日的決定，把明信片交給她嗎？」我問道。

他猶豫不決，最後還是首肯了。

我不得不提醒他：「要改變這個九年前的決定，意味著在這九年間的回憶很有可能會消失得無影無蹤。你真的決定了嗎？」

他滿佈鬚根的嘴角一翹：「上輩子的回憶，我們不都忘記得一乾二淨嗎？」

我陷入沉思之中，一下子反應不來。

「有些事情不必執意去記著，經歷過就好了。」他笑說。

我看著那個被磨破了幾個洞口的背包、他臉上數道不太明顯的疤痕和沾滿風乾泥濘的登山靴，我猜我明白他的意思。

「我知道了，」我摺起手袖，準備好要用的工具：「就交給我吧。」

我為他沏好了茶，他看著零落的茶葉在沉澱，皺起眉頭：「有啤酒嗎？」

我瞪他一眼，他吐吐舌頭，把熱茶喝得一口不剩。

2008年6月9日　早上6時30分　西藏

【此段回憶未經修改】

我認得這裏，是明信片上的地方。

他還是背著這個背包，只是當時看起來簇新多了，而且裏面的行裝明顯沒現在的多。木結他仍然在他背後探出頭來，呼吸著山區清晨的氣息。

背包客剛看完日出，在山上四處停停走走，直至目光墜落在一個背影之上。

雖然只是初見，但他一雙眼已經無法移開。她是一個穿著民族服飾的女生，皮膚略比一般女生黑，有著一雙彷彿能看穿別人的大眼睛。一頭及腰的黑色長髮配上傳統頭飾，尤其引人注目。

她正站在山崖邊緣，吹著陶笛。這首曲很陌生，可是旋律相當入耳，在腦海教人揮之不去。

背包客待一曲奏完，走過去向她搭話。

「這是甚麼曲子？」他操著極不標準的普通話。

陶笛女生先是一愣，下一秒馬上換上親切的笑容：「是我自己寫的。」

幸好，她還聽得懂。背包客心中暗喜。

「好聽嗎？」陶笛女生燦爛地笑著問，因為村裏的人從不懂欣賞她自己寫的音樂。

背包客只自學過結他，不諳賞析，只好直截了當的說出想法：「你令我想起郭襄了。」

陶笛女生掩嘴竊笑，背包客看得極之入迷。

「在峨嵋山上看破紅塵的郭襄。」他補充道，就像金庸筆下的郭襄真的從小說逃了出來。

如果我當時在場的話必定會告訴背包客，其實郭襄在那時已經是個中女。

背包客拿出了背後的木結他，對郭襄說：「你教我彈剛才的歌吧。」

郭襄應該沒有見過民謠木結他，對它十分好奇。

「彈彈看？」背包客隨意掃出一個和弦。他不知道，和弦在她的心坎也掀起了共振。

結果當晚，背包客賣掉了原定在明天出發的火車票。那是他在十年間唯一一次延誤早已計劃好的行程。

這種邂逅不真實且浪漫。我沿著這條絲線，追溯至一個月後的日子。恰巧，這正是明信片日期的前一天。

不出我所料，這種充滿遊歷的人絲線也特別的複雜。明明他只有二十八歲，命運載體的結構卻可媲美五十多歲的人。

雖然相當不容易，但花點時間還是可以找到的。修正師的工作並不困難，只是很費心思。

2008年7月8日　晚上10時43分　西藏

【此段回憶未經修改】

據原定計劃，今天我理應身處印度的首都。

背包客心想。

明天就是他為她留下的第三十天了。這個月以來，她一直充當嚮導，帶他走遍差不多整個西藏。身為藏人的她很愛這個地方。而他很愛她，所以他也很愛這個地方。

郭襄帶過背包客去見一個在村上德高望重的老人，說要幫他占卜。背包客對異國文化一向很感興趣，便不以為然。

後來聽村裏的人說，問卦是籌劃婚禮的第一步。

這天晚上，郭襄帶他到他們邂逅的那座山。

寺院的後方是一大片草叢，長至腰間般高。她不許他開啟手電筒，他們就只靠著月亮輕輕漏下來的光，摸黑前進。

走了幾公里，他們來到一個廣闊的田野。這裏的晚空與背包客一直生活的都市太不相同，兩個時空完全沒有可比性。到這刻他才發現原來自己根本沒有經歷過真正的夜晚。

他們席地而坐，交換著一個又一個的故事。她嚮往香港的繁華，而他則愛上了西藏的樸素。事實上，她只是愛上了他的浪蕩，而他也恰巧迷上了她的率真。

突然，一片漆黑之中出現了點點星火。他初時並未留意到，直至一點星光落在他粗糙的手背上。

她指著前方，示意他抬頭。

那是螢火蟲。他不禁興奮得立馬站起來。他記得他在某年的生日曾經許過願，想要看一次真的螢火蟲。

漫天星火，這晚就只為他倆而發亮。

作為一個觀眾，我也被當時的景色迷倒了。

我不明白，最後他為甚麼還是沒有把明信片交給她。至少在這一晚，他的心已經種在西藏了。

於是我把濾鏡移到接下來的一天，也就是背包客要修改選項的一天。看看到底是甚麼敵過了漫天的螢火蟲。

2008年7月9日　早上7時09分　西藏

【此段回憶未經修改】

他這天早早就起床。昨晚分別後，他拿出一張在這裏買的明信片，執筆在後面寫下一句説話，打算交給她。

明信片上一行墨水筆字，寫下一個簡單而堅定的問題：

「你願意和我看盡峨嵋山上的晨曦與星火嗎？

2008年7月9日」

日後，和她閒時吹吹陶笛，中午睡個懶覺。日落西山時捉尾魚便當晚飯，這種生活夫復何求。

他在心中暗想。手執明信片，心情相當激動。

村落的路阡陌交錯，心裏想著要前往她的家，卻錯誤走到了離開西藏的車站。

「下班火車將在半小時後開出。」車站響起廣播。

我本來在一個月前就該走了。

他看著自己的背包，輕輕把它放下。他不確認旅程是不是就該在這裏結束。

肩膀頓時放鬆下來，但他早已習慣了背包的重量。

這時的他已經在外闖了一年。他在離開大部分地方的時候都會有種依依不捨、意猶未盡的感覺，但他還得控制著步伐，收拾心情起行。他想到自己好不容易才放下香港的一切起行，便不甘心在第一年就畫上句號。

「在相識的一刻，就該準備好離別。」這是他在途中一直警醒自己的一句話。

大概遊子總是容易動心，所以才到處留情。他深信自己生下來就是個遊子，而她和西藏都只是旅程的一部分。

當他決定離開的時候，身上只有和他形影不離的背包和一支結他，部分的衣衫和日用品還留在旅舍。

「就連她我也捨得了，這些身外物我又怎會捨不得。」

他説著這句話安慰自己。説罷便跳上了這班火車，就此告別西藏。

原來比螢火蟲更美的是自由。

遊子以為自己夠瀟灑可以忘掉郭襄。十年間浮浮沉沉，穿越不同的國境，愛過不同的女生。他最終還是甘願放棄這九年間遊歷世界的記憶，只為聽她拿上陶笛再吹一曲。

2008年7月9日　早上7時09分　西藏

【已編輯】

大概村落的路對於城市人來説實在太難識別，這次他仍然走錯了。

「下班火車將在半小時後開出。」

他聽到在車站的廣播。本來在一個月前他就該離開這個地方，一步一步地實現原定的計劃。背包客在十八歲離家環遊世界，目的就是感受人生。他覺得在香港的自己並沒有活著，我們都沒有活著。

可是他在這個地方，找到了一生人中最深刻的感受。

他搖搖頭，失笑一聲。很多人窮盡一生也找不到的東西，我在十九歲的這年已經找到了。他心中驕傲的説。他想著那個能令他感受到活著的人，背向車站前進。

我把象徵舊有回憶的絲線剪斷，讓它重新交織出新的事件環。

重整的速度慢得不尋常，載體也變得比原本清晰。

突然，身後傳來一聲巨響。我下意識地轉過頭，發現夢露不慎把幾個鐵罐子踢跌了。

回過神後，我把目光放回載體之上，頓時毛骨悚然。

2015年2月13日　早上5時58分　西藏

【新增的回憶】

這是背包客在西藏過的第七次新年。

他和他的郭襄舉行了為期三天的傳統婚慶，然後開了間售賣手製陶笛的小店維生。育有三個小孩，一家五口在一間石屋過生活。

如他所願，著著實實在這裏落地生根。

這七年來，他造了一個又一個陶笛，看過一遍又一遍的螢火蟲，生了一個又一個的小孩。

峨嵋山的雲彩依舊迷人，只是他早已看膩了。

這天他如常老早就起床，上山搜集當晚晚餐的食材。不經不覺，他走到了和郭襄初次相遇的山頭。這個地方他一輩子也不會忘掉，只因他每天都要走同一條路，在路上哼著同一首歌。

他還記得，當時的她只有十六歲，散發著一種在城市女孩身上找不到的氣息。現在她已經二十三歲了，在城市的話大概還是個學生，可是在這裏她已經是三個小孩的母親。

七年前，背包客拋下香港的家人、朋友和事業，拿起一個背包和一支結他便出發，揚言要靠自己一雙腿征服世界。結果他作為旅人的壽命只有一年，便被西藏最美的風景深深吸引。

征服不了世界，只征服了一個西藏女孩。

在香港的朋友說非常羨慕他，不足三十歲就當上了老闆、業主和爸爸。但每天為首期打拼的他們並不知道，其實他和他們都一樣，在擁有一切的同時失去了自己。

他坐在山崖邊緣，雙腳懸在空中，腳下放眼盡是一片墨綠。他從懷中掏出了早已捲好的煙草，用火柴點燃起來。心血來潮，他突然很想在這個位置，再看一次日出。

西藏第一線曙光冉冉升起，把雲層染成橘子色。

這天就和他們相遇那天一樣美，只是欠了她，和一點雲霧。

於是，他呼出濃濃的一口煙霧，試圖重演當日的場景。慢慢看著它們溶化於冷空氣之中，混成一體，直至再也找不著一絲尼古丁。曾幾何時，他也懼怕自己無法融入西藏人的生活。可是村裏的人出乎意料地友善，雖然大部分人都只說方言，但他總能透過笑容感受他們的好客。對，他們很好客，而我只是個過客。他心想。婚禮於他而言只是儀式，是感受生命的一部分。遊子的心從來沒有變過，他依然想要經歷生命的全部可能性。然而婚姻，只是清單上的其中一項。

他曾經向郭襄提議，二人一同繼續他未完成的旅程。他很想在感受生命的過程之中有靈魂的另一半陪伴。

「你不喜歡西藏了？」郭襄皺眉問道。

他不理解她的想法，沒有回答。

「你不喜歡我了？」她追問他：「你不是喜歡西藏和我，所以才留下來嗎？現在怎麼突然又說要走……」

不久之後，他們便有了第一個孩子。

自那天起他便明白，西藏只是旅程的其中一站，她亦如是。

父親。丈夫。女婿。

啊，頭好疼。

他露出一個痛苦的神情，連忙搖搖頭。

天空越來越光，夢幻的粉色曇花一現。

一隻大鷹在他頭上飛過，迅速地劃過雲層。

我多想像牠一樣翱翔。

他又再呼了一口煙。捲煙越來越短，直至化成地下的泥土。

他站起來，伸了一個懶腰。大鷹已經不見了。牠不像背包客般優柔寡斷。

一個人來，也一個人去。

他感受著口腔剩餘的煙草味，閉上眼睛。她的曲子言猶在耳。

一曲奏完，他緩緩張開雙手，一躍而下。

他終於嘗到飛翔的滋味。涼快之餘，相當痛快。

載體顯示，已經沒有供我觀看的片段。

我拿起針線，雙手顫抖得無法完成縫合。這時夢露走到我的旁邊，舔著我的右手。

我看著雙目緊閉的背包客，我知道他在這刻只是睡去了。

他只是睡去了。

我跌坐在椅上，久久未能平伏。

不消一會兒，店舖又傳出高亢的聲線：「怎樣了？怎樣了？」

我盡最大的努力擠出笑容，説出最客觀的陳述：「我完成了。」

「真的嗎？」他咬咬牙，拿起放在桌上的明信片喃喃自語：「我和她……真的有機會在一起嗎？」

就算是在萬事屋經歷過無數事情的我，在這刻也無法直視他。

我收起他面前的茶杯，走進萬事屋的後方，從冰箱拿出了僅有的四罐啤酒。

「請你喝，」我為他和自己各打開了一罐，舉杯説：「生日快樂。」

看到啤酒的他興奮極了，我們用力的碰杯，酒溢了一地，氣泡在地板上拚命掙扎，直至靜止。

夢露二話不説，跳到地上一一舔乾淨。

他笑得很開懷，我的心卻揪成一團。酒喝光了，他拿起了背包和明信片，走到門口前面。我很想叫停他，但不知道還可以用甚麼理由。我不可以向他透露修改記憶後發生的事，更不可能告訴他，你在兩年前已經死去。

就這樣，我陪他度過了人生最後一個晚上。

「我走了，謝謝你的啤酒！」臨別前，他向我瀟灑的擺擺手。

夢露走到他的腳旁，輕輕地依偎著那雙沾滿各國泥土的靴子。

他蹲下來，用一雙結繭的手摸著牠說：「再見啦，偷來的貓咪。」

背包客撫摸夢露的時候，我突然覺得他除了當背包客很稱職外，或許還會是一個好爸爸。

祝你在別的世界，旅程愉快。

這句說話也只可以留在我的唇邊。

他蓋印的契約還在桌上，我看著上面其中的一行寫著：生死有命。

我一直也不痛不癢的將契約解說給當事人聽，但我從沒發現原來這四個字可以這般沉重。

叮嚀嚀嚀。

門關上了，在我面前的命運載體也化成粉末，像極了他抽煙的灰燼。

眼鏡女生以為修正師很強大，我也曾經這樣以為。可是在生死面前，我們還不是一樣無力和渺小。

第四晚 · 戴鋼鍊的程式員

第四個晚上
戴鋼錶的程式員

萬事屋的設備其實相當簡樸。所謂的廚房只是一個灶頭，所謂的臥室只是一張沙發床，我所謂的家就是萬事屋。夢露最近都不吃貓罐頭，嚷著要瓜分我吃的。趁沒有客人的空檔，我戴上工作用的放大濾鏡，拿著工作用的鉗子，從蒸好的一尾魚挑出骨頭。牠伏在吧檯上的一角，像個監工似的盯住我。

叮嚀嚀嚀。

欸，真不合時。

「看來你的晚餐要延遲了。」我湊到那雙摺耳旁邊說。牠生氣的尖叫一聲，竄到被窩去了。我沒打算去哄回牠，因為牠每天至少對我怒吼十遍八遍。可是不消一會兒又會和好如初，湊過來向我討吃的。畢竟在萬事屋內，牠只有我，而我亦只有牠。我連忙除下濾鏡，望向門口的方向。

「歡迎光臨，這裏是遺憾萬事屋。」這次的客人是一個男人，約莫三十歲。瘦削的身軀掛上一件紅藍色格子襯衣，長褲束上腰間，露出了深棕色的皮帶。他背著一個斜背包，雙手緊緊捉著肩帶。

「來修正遺憾嗎？」

稍為淩亂的瀏海下，藏了一雙淺棕色的眼睛。

「是的。」他的聲音比想像中年輕，回答簡短且堅定。

「歡迎，」我招呼他說：「請把『營業中』的掛牌翻轉。」

他伸手去翻過掛牌，腕上的一隻電子錶相當惹人注目。

「你的腕錶很好看。」我讚歎道。

他不拘小節的把它脫下來，遞給我說：「戴戴看？」

雖然不好意思，但拒絕他的好意似乎更失禮。我小心翼翼地接過腕錶，把它扣到自己的手腕上。這是一隻機械風的電子錶。錶面是浮雕的，除了時間和日期外，還提供定位系統。驟眼看上去和一塊銅鐵無異，仔細一看才會發現箇中的高科技。

「很特別，只是略嫌太重了。」我把腕錶還給他，隨意的說。

他皺著眉頭，自說自話：「你說得對。其實當中也有些不必要的零件，雖然可能會降低穩定性，不過還是有平衡的空間。」

「抱歉，」我聽不清楚他的說話：「你在說甚麼？」

「噢，沒甚麼。」他笑說：「感謝你的意見，我回去會改良一下。」

我不明白他的意思。

他補充說：「這是我造的。」

我不禁把腕錶拿過來再看一次，再連上這張在傻笑的臉孔。

「你在開玩笑吧？」我堅信這只是惡作劇。

面對我的不信任，他依然保持笑容。

他的雙眼清徹得令我想起了大海。

閱人無數的我覺得這個人並不會撒謊。

「好吧，我相信你了。」我還他一個肯定。

他微微一笑，禮貌地說：「謝謝你。」

「你幾歲了？」我問道。

「三十三。」他回答。

不是吧，我只比他大幾年。我被喚作大叔，他看上去還像個學生。

「你看上去年輕多了，教我保持年輕的訣竅吧。」我向他討教。

他挑起一邊眉頭，隨意答道：「可能因為我常常笑吧。笑可以令我放輕鬆，也令頭腦保持清醒。」

修正師的工作要我時刻打醒十二分精神，可是在其餘時間我還是傾向渾渾噩噩，不怎麼用腦的度過，難道這就是我看起來不年輕的原因嗎？

「那麼，請先閱讀事前須知。」我拿出契約。

看到契約的一刻，掛在臉上的笑容驟然消失不見。

「有甚麼不妥嗎？」我按捺不住問他。

他此刻才發覺自己被表情出賣了，尷尬的笑起來：「沒有，沒有。是要蓋指紋吧？」

我欣賞會仔細閱讀細則的客人，這樣代表他們尊重契約，也尊重我。

他一邊把拇指摁到紙上，一邊說：「比起用鋼筆簽字，蓋印令我覺得更安心。」

「為甚麼？」這人說的話總教我費解。

「大概是因為我能切切實實的觸碰它。雖然合約精神不是一樣真實存在的東西，但我能用自己的體溫，象徵我本人的紋理去賦予它我的肯定，我覺得很可靠。」

說罷，他把生效的契約交給我。我接過來，這個儀式神聖且莊重。

「你現在可以告訴我，你想要修改的選項了。」我很好奇像他這樣謹言慎行的人，到底還會有甚麼遺憾。

他有備而來，似是期待已久：「二零零四年二月四日，下午五時五十分，把我眼前的程式徹底銷毀。」不待我答話，他便急著補充：「房間總共有四部電腦，每部電腦各有兩個備份。請你把它們全部刪除。」

他雖然老是笑面迎人，卻有著一股叫人震懾的氣場。

可是這樣意味著，他要放棄整整十三年的回憶。

「這樣也沒關係嗎？」我提醒著這位當事人。

他點點頭，說：「像程式一樣，把回憶也一併丟進資源回收桶吧。」

我也跟著他傻笑。這該死的程式員該不會趁我沒為意，就在我體內植了木馬程式吧。

「抱歉，可是大叔，你懂得操作電腦嗎？」喝過半杯茶、半睡半醒的他沒丟失一點細心。

我拍拍他的肩膀，說：「別擔心，我會交給你去做的。」

聽見此話，他滿意地合上眼睛。

大概在這個世界上，這個程式員能完全相信的就只有自己。

2004年2月4日　下午5時50分　學校宿舍

【此段回憶未經修改】

十三年前的程式員比現在還要年輕得多，這時候他只有二十歲。

他的頭髮比現在還要長得多，鬍子不刮，滿地的垃圾也不收拾。活像一個躲在宿舍房間深居簡出的高人。就算平日在家多整潔的大學生，一住宿舍都會變得不修邊幅。程式員的房間大剌剌地挑釁著潔癖者的底線。

太陽已經下山了，他不開窗簾，也不亮燈。明明只有他一人，漆黑的房間卻有四部亮著熒屏的電腦。他躲在被窩之中，像極了在萬事屋角落的夢露。這時候，他身旁的手機也亮起屏幕，房間頓時又多添一點光明。

一個朋友給他傳來短訊：「我正要上來，你要不要吃的？」

他的手指靈活地在舊式的手提電話鍵盤上跳動：「直接來吧，我快要完成了。」

當天他按下一個按鈕，整個世界就此被改寫。

我不敢相信他竟然來到我的店舖，就在我面前打鼻鼾。然後我突然想起了這個日子，頓時明白他為何會記得如此清楚。我不知道自己是否應該替他完成這個修改。

我任由載體暴露於空氣之中。還記得他對我說出決定的時候，不帶一絲猶豫。

「你已經想清楚了，對吧？」我對著不發一言的他說。

此刻的他誰都不是，只是我的當事人。深夜的萬事屋相當寧靜，我好像能聽見他用心跳說出的肯定。

2004年2月4日　下午5時50分　學校宿舍

【已編輯】

程式員躲在被窩之中，聚精會神地盯著屏幕。他雙手合十，祈求最後一次的測試順利。電腦顯示沒有出錯的訊息，他的心跳怦然加速，有如從過山車走下來。他環顧四周，這段日子廢寢忘餐，把時間都傾注在它身上。而在這刻，這個房間，它誕生了。

不知道我的明天，會是如何。

他躺在床上想。

不知道這個世界，會是如何。

「因為我們想令世界變得更好。」

別人在笑他們白幹活的時候，這群年輕人總會答著這句說話。一群初生之犢不知道當天的一個惡作劇，竟然會為世界帶來如何的不同。他閉上眼睛，幻想著將會變得更好的明天。

從此，我們可以盡情窺視別人。
從此，我們的好奇心將會得到無比的滿足。
從此，我們足不出戶便能得知天下事。

我的程式可以改變世界，真好。

他閉上眼睛，驕傲的說。

從此，我們只需知道一個人的名字就能認識他。
從此，失德的人將會被公審。
從此，我們只要低頭就不怕和世界脫軌。

「這樣的世界，好嗎？」他正與內心的自己對話。

不，我不想我的程式以這個方式改變世界。

他睜開眼，對著熒光幕上的編碼說。

只要知道程式並沒有失敗，這就夠了。

說罷，他不花幾下功夫就把眼前的屏幕清理得一乾二淨。接著第二部、第三部。直至所有電腦的記憶也被徹底地清空，他的腦袋才能放鬆下來。他深深的呼了一口氣，攤軟床上。一小時後，室友們回來了。他撒了一個謊，說在最後的驗證因為編碼出錯，不慎把所有的電腦都格式化了。

「想不到忙了這麼久，最後還是白幹呢。」朋友甲惋惜地說。

朋友乙攤在滿佈零食膠袋和啤酒罐的地上：「這樣也好。終於可以休息了。」

「我們好久也沒這樣放鬆過了。」說罷，程式員也和他們一起躺在地上。

「想不到，我們最終還是沒能改變世界。」朋友丙想起四個人之前每天掛在嘴邊的口頭禪，自嘲起來。

「不過我覺得，」程式員開腔：「現在這個世界，其實也不賴。」

朋友乙站起來把房間的燈光開啟，曬得他們睜不開眼。

「既然都沒事忙了，」朋友乙聳聳肩，繼續說：「我們去踢球吧。」

四人蹦蹦跳跳的離開了房間，砰的一聲關上門。

從此，這個世界再沒有 F 社交網站。

等他醒來的期間，我一直如坐針氈。萬事屋的座上客數以千計，他也可算是最特別的一個。

「我睡了很久嗎？」他睜開眼的時候，正好和我對上眼。

我連忙移開視線，結結巴巴的說：「不……不是。我……才剛完成。」

愛笑的他又再笑了起來：「抱歉，我沒有一早告訴你。」

「這……真夠驚喜。」我回答說，依然相當緊張。

「現在的我，應該只是一個普通人吧。」他把雙手放在腦袋後面，好不寫意的伸了個懶腰。

他猜對了，但我只能報他一個微笑。

我清潔著工具，對他說：「你第二次改變了這個世界。」

他向我抬抬下巴：「你也有份的。」

臨走前，他踮起腳尖把萬事屋的時鐘拿了下來，看著自己的腕錶來調節時鐘的時間。他説早就留意到我的時鐘慢了三十秒，讓他太看不過眼。大概就是這種一絲不苟，令他有著改變世界的力量。即使他沒有創立F網站，他的天賦也必能使他在世人面前發光發亮。

他把格子恤衫塞到褲子入面，緊緊的用皮帶束住。

「我一直以為，電腦就是程式員最好的朋友。」他整頓好一切，準備推門離開，以平凡人的身份生活下去。

我不作聲，站在吧檯後面聽他把話説完。

「現在，還有你。」他笑説：「感謝你，幫我令這個世界變回更好。」

可是在他踏出萬事屋的一刻，他將不再記得我，如同電腦不再記得被刪除的程式。

「不知道沒有F網站的世界，會是怎樣呢？」他在門前徘徊。

我報他一個笑容：「我很期待。」

「從此F網站的應用程式也再不存在了。」他從褲袋中掏出自己的智能手機，他感觸地説：「這樣的話，人們就會發現到身邊更多美好事物的存在吧。」

這個就是他要修正選項的意義，我頓時對他肅然起敬。

「別把我想像得那麼偉大，」他笑説：「我也因為創立 F 網站而失去了很多。」

「不知道，這十六億人會不會很不習慣。」他望著手機屏幕上那個藍色 F 字的應用程式，依依不捨的説。

我裝作安慰他：「不怕，他們不會記得的。」

愛笑的他苦笑一聲，低下頭説：「對，他們也不會記得我。畢竟沒有 F 網站，我甚麼都不是。」

即使他們忘記了這個曾經改變世界的人，我也會代替他們把你記住的。

然而，我沒有把這句話説出口。因為「記住」這個行為，是用心的。

叮嚀嚀嚀。

他推門離開，準備好在沒有 F 網站的世界生活。第六感告訴我，這個曾經相當了不起的程式員將會撰寫一個程式，使人擁有真正的快樂，而不再流於表面。然後，這個程式會植到每個人的心中，如同F網站一樣風靡全球。

第五晚 · 挎腰包的順德嫲嫲 ·

第五個晚上
挎腰包的順德嫲嫲

檢查契約存貨，完成。

餵摺耳貓，算是完成。

消毒用具，完成。

洗淨水煲，完成。

清潔百子櫃。欸，我不想幹。

我在數算著每天的例行工作，沒有當事人的時候，修正師和一般雜工無異。其實這些工作都是不必要的，反正來的客人都不是自願，來了也不會離開，離開了也不會再回來。偶爾想裝模作樣，做個像程式員般一絲不苟的人，沒想到會那麼累。我想著要打消這個念頭，反正把這些看在眼裏的人只有一隻貓。

叮嚀嚀嚀。

風鈴響起的時候，我正爬到梯子的最高，整理最高一層的百子櫃。

「歡迎光臨，」我抹得興起，懶得別個臉去歡迎這位當事人：「抱歉，雖然我還未看到你，但請問你是來修正遺憾嗎？」

背後響起一把沙啞而略帶鄉音的嗓子：「就是啊，你是店小二啊？」

聲音的主人是個老婦人，一頭花白，稀疏的髮絲勉強地梳了個髮髻，臉上的歲月印記多得模糊了五官。她撐著拐杖，蹣跚的向前挪動。我連忙從爬梯走下來，幫她把沉重的木門推開，正面歡迎她一遍。

「真不好意思，麻煩小二哥啦。風濕老毛病啊，去他的。」笑起來的時候又多添了幾條皺紋。要是臉上的紋理都是因為笑而造成，想必她是個幸福至極的人。

我嘗試把自己代入她的年代：「其實我不是店小二⋯⋯可以説是掌櫃吧。」我的確是掌管著那張吧檯的人。

她展出一個相當浮誇的表情，連忙説：「欸啊，見鬼了。失敬失敬，老婆婆老眼昏花⋯⋯」

我擺擺雙手，示意沒放在心上。説罷，我把吧檯前的椅子調低至適合她的高度，然後幫她把拐杖放到大門旁邊，扶她坐上椅子。萬事屋的唯一一把椅子瞬間變成了關愛座。

「那個杖子，我想放在旁邊。」她操著半鹹不淡的粵語。

雖然不知道用意為何，但我還是聽她的。

老婦沒有作聲，只顧四處張望，緊緊的抱著放在前方的小腰包，看似有點緊張。

「婆婆你是哪裏人啊？」她的口音引起了我的注意。

她談起家鄉的時候特別興奮：「順德樂從。小哥你哪裏鄉下？」

我苦笑一下，說：「抱歉，我也不知道。」

對，我不知道。

老婦呆滯的點點頭，沒再追問下去。

「你來香港多久了？」我轉個話題。

她從小腰包中掏出一本手掌般大的袖珍月曆，瞇起眼睛數著格子：「兩個月啊……零八天。」

我接著問：「哦？你是來旅遊嗎？」

她緩慢的把月曆收好，方回答我：「我兒子一家接我來生活的。」

「適應嗎？和你住的地方應該很不一樣吧。」我對老婦的家鄉沒甚麼認識。

「當然不一樣！多不一樣啊。」她笑說：「這裏快餐店的霜淇淋，太好吃啦！」

霜淇淋這三個字在我腦中翻滾了好幾遍，然後我才能從字典中找到：「哦，是雪糕。」

「對對對，就是雪糕！我孫兒教過我幾遍，我又忘了。真沒用啊，哈哈！」她自嘲道，依然笑容滿面。

「而且你們這裏那個甚麼啊，幻彩響噹噹！多好看啊！」

我被老婆婆逗得哭笑不得，只顧著傻笑的我甚至想不起要糾正她。好不容易把笑到掉出來的內臟撿回後，我才想起要做正事。

「對了，你知道我們這裏是修改遺憾的嗎？」惶恐老人家記性不好，我再三問道。

她思索片刻，答：「知道啦。剛才的鄉里不就是這樣説嘛。」

「鄉里？」我大惑不解。

順德嫲嫲回答說：「就是鄉里呀。我在菜市場買糖給我孫兒的時候，就突然聽見有人說順德話，覺得特別親切的，就和她聊起來啦。」

我就知道是宣傳部的把戲。雖然我從來沒見過他們，但總是能從不同的當事人口中聽見他們使出不同的技倆去把人叫來、帶來或騙來。想到這裏，我就覺得修正師這個崗位輕鬆多了。

我走到吧檯後面，拿出一紙單薄的契約。正想遞給順德嫲嫲時，一個顧慮浮現腦海。

「這個……字可能有點小。你能看得見嗎？」我抱歉的說。因為來的客人大都是年輕人或中年人，這種情況並不常見。

她努力的瞇著眼睛，把紙張靠得極近眼球。誰知，不消一會兒就乾脆把契約放下：「就你幫我拿主意啦，小哥我信你了。」

我連忙擺手：「不可以這樣的。這份契約書相當重要，請你務必要閱讀及考慮清楚。」顧及她年事已高，儲下來的回憶肯定不少，要是不小心放棄了重要的回憶就太可惜了。

因為回憶很重要。至少於我而言是這樣。

「要不然我讀給你聽吧，」我向順德嫲嫲提議：「不過你真的要用心聽！有甚麼不清楚都要告訴我，可以嗎？」

她看見我認真的樣子不禁失笑起來，二話不說地答應了。

我清清喉嚨，像個學生般的把條款一字一句的朗讀出來。讀的時候我不時在觀察順德嫲嫲的表情，怕她有甚麼不明白。可她只是連連點頭，不懷疑也不發問。我把契約讀完，她不加思索就把指頭沾上墨水，輕輕的蓋上。

契約毫無疑問的正式生效，我按捺不住問她：「你不覺得荒謬嗎？這種服務、這家店……」

說罷，我低頭看看自己：「還有這個被你喚作小哥的大叔。」

順德嫲嫲不明白為甚麼我會這樣問，單純的回答：「才不會！我孫兒告訴我，現在時代不同了，去甚麼舊金山的，不用一天就可以到了！別以為老婆婆我這麼落伍啦，現在的科技這麼發達，甚麼事情也有可能啦！」

也對，也許對於順德嫲嫲而言，這個時代的一切都很新鮮，任何光怪陸離的事都已經多見不怪了。

「好吧，那麼你想好要修改哪個遺憾了嗎？」我仔細的問她，慎防她誤會了甚麼而做了錯的選擇：「只有一個！而且修改之後就會產生蝴蝶效應……」

算了，我覺得她不會知道甚麼是蝴蝶效應，於是我又把自己代入到她的年代：「就是會牽一髮動全身，一子錯就滿盤皆落索。一個決定也可以引起軒然大波……」

要知道修改命運這回事，出錯了的話連修正師也無法挽回。

「我知道了，」順德嫲嫲好像真的聽懂了：「那麼就幫我修改成我沒來過這裏生活吧。」

我眉頭一皺，不明白她的意思。

其實我聽明白了，只是不確定她是不是真的明白。

「你的意思是，你不要來這邊生活，一直留在家鄉嗎？」我以不同的句子結構反覆問她，得出的答案都是同樣的肯定。

我還是理解不了她的思路，再三詢問：「你不是很喜歡這裏的霜淇淋嗎？還有幻彩響噹噹。最重要的是還有你的家人在這邊，你真的確定要回去？」

「就是啊，」順德嫲嫲嘲笑我：「看不出原來你比我更嘮叨。」

我本想繼續追問下去，卻覺得其實她清醒得很。她才是命運的主人，身為修正師的我只能依照當事人的意願去作修改。

順德嫲嫲大讚我沏的茶好喝，其實都沒有別的，只是離開家鄉的一切對她來說都很新奇。

「小哥，」她的聲音劃破了萬事屋的寧靜，她該快睡著了。

我抬頭看看她，示意她說話。她迷迷糊糊的說：「我還是……想保存一點在這邊生活的回憶。」

她快要失去意識，我必須在之前確認她想要作的修改：「你指甚麼？」

「和他們生活的……時間。」很快，她不再說話。她睡了，雙臂還不忘抱著小腰包。

我切開了變得柔軟的載體。雖然當事人年紀大，絲絮很多，還好她要修正的回憶就在不久之前，才不至太難找到。

於是，我來到了順德嫲嫲離開家鄉的一天。

2016年12月5日　上午8時21分　順德

【此段回憶未經修改】

想不到我第一次來這個地方，竟然是透過這個混濁極了的載體。順德嫲嫲住的小漁村，距離市中心足足有兩小時車程。這條小漁村比我想像中還要簡樸和落後，活像電視劇中的古裝劇場景。越過一片高至腰間的蘆葦，來到一間破舊的寮屋。門外聚集了一家人，而順德嫲嫲正從屋中拿出幾大袋行裝。

「真的要帶那麼多走？香港甚麼也有賣的。」媳婦苦惱的看著要拿走的行李。

順德嫲嫲把最後一袋從屋內拿出來，說：「這些都是老頭子的遺物，還有我在這邊用慣了東西。在哪都沒得賣啦。」其中一樣就是她拿著進來的拐杖。

順德嫲嫲的兒子勸說媳婦：「隨她吧，反正我們家又不是沒有地方。」說罷，他把站在一旁的兒子喚來：「正，去幫嫲嫲搬行李上車。」那個叫阿正的小伙子只有十多歲，還在上中學。戴著顏色亮麗的耳筒，雙眼都不看人，只顧望著手機。他相當不情願的放下手機，走到順德嫲嫲身邊。

「小正，長高了呢！」順德嫲嫲上次見他的時候，他才剛上小學。

阿正別過一張嫌棄的臉，二話不說開始搬起行李來。他不喜歡嫲嫲這樣叫他，他怕路過的途人會聽見。他不喜歡幫嫲嫲搬東西，他怕汗水會毀掉代表自尊的髮型。他不喜歡嫲嫲。可是她不知道。還好她不知道。

就這樣，順德嫲嫲離開了順德，搬到有著幻彩響噹噹的香港。

2016年12月9日 上午5時08分 香港

【此段回憶未經修改】

香港和順德沒有時差，城市和鄉村卻有。順德嫲嫲在家鄉種花維生，習慣日出而作，日入而息。她習慣在五點鐘就起床，替後園的植物澆水施肥。她在這裏也同樣的做。

「媽，這些會有傭人做的。」剛起來的兒子見到她在陽台忙出了一身汗。

她擦擦額上的幾滴汗珠，笑說：「不一樣的。」

待家裏的人都出門以後，她拉著行李箱到鄰近的菜市場買菜。

媳婦看見她在偌大廚房東奔西走，對她說：「媽，這些會有傭人做的。」

她從油煙之中回過頭來，依然開朗的說：「不一樣的。」

晚飯的時候，兒子特意命傭人為嫲嫲多添一張椅子，坐到阿正的對面。阿正面有難色，整頓晚飯沒吃上兩口。

全家人在吃飯的時候都不說話，順德嫲嫲以為他們上班上學太累了。但事實上，阿正只是不滿她在吃飯時擋住了電視機。

基本上在家中的時間，阿正的雙眼都離不開手機。嫲嫲很好奇，坐到梳化跟他搭話：「小正，你在玩甚麼啊？」

阿正摘下了耳機，簡略地答：「訊息。你不懂的東西。」

「啊，訊息。」順德嫲嫲努力地記下了這個嶄新的詞彙：「是怎樣用的？」

他不情願的把手機遞給她看，給她解說：「就是可以和朋友聊天。我打字給他，他看見之後就可以回覆我。」

「就是在手機寫信囉？」她覺得這樣和寫信沒多大分別，不明白為甚麼阿正會這樣沉迷。

「類似吧，可是這是即時的，而且還可以這樣傳送圖片呀、影片之類。」他的雙眼又放回屏幕之上，沒再理會在旁默默觀察的嫲嫲。

結果在接下來的幾天，順德嫲嫲仍然早起，奇怪的是她會調校鬧鐘，在半夜起床，一兩小時後又再入眠。睡不夠兩三個小時又要起床澆水。

我不明白。

2016 年 12 月 15 日　深夜 2 時 03 分　香港

【此段回憶未經修改】

這天晚上，順德嫲嫲的鬧鐘又再響起來。如同以前一樣，她走到客廳，卻發現兒子和媳婦在聊天。

「這樣下去不是辦法。」媳婦憂心忡忡的說。

兒子心煩地在客廳來回踱步：「沒辦法，你早就知道它有問題。」

順德嫲嫲在門後擔心起來，怕是兒子的公司出現困難。要是這樣的話，她也有幾萬塊錢可以支持兒子渡過難關。

「不是很正常嗎，時間久了就是會這樣子啊。」媳婦蹺起雙腿，不屑的說。

「但她是我的母親。」兒子轉過頭對媳婦說，輕歎一口氣。在時間的流逝下，我們沒有誰可以不低頭。

於是，她被帶來了。

她希望自己從來沒來過打擾兒子一家人，自己一直在漁村過著簡樸的生活。兒子一家人閒時來探望，吃一頓會聊天的晚飯已經很好。

她想起了在順德老家前的燕子巢。

「媽，那是甚麼？」那時候的兒子還小得像顆青豆。

「燕子嘛。」年輕的順德嫲嫲梳了一個當時應該算很流行的髮型。和現在的樣子差不遠，只是歲月的痕跡蒙蔽了她標緻的五官。

兒子未聽過這個詞彙，不知道甚麼是燕子。他問道：「是鳥的話，牠們會飛嗎？」

「會，」順德嫲嫲回答：「長大後就會飛了。」

兒子覺得這樣酷極了，雀躍地說：「那我長大後也會飛嗎？」

順德嫲嫲被他逗得很開懷：「見鬼了，人怎麼能飛呢？」

想不到她錯了。

兒子長進，考上了大城市的大學，自此離開了老家。畢業後又得到公司的青睞，直接移居香港工作。

他長大後，真的學懂如何飛了。而且還越飛越遠，在老遠的地方築了新巢。

她最後的意願，是想要保存部分在這邊生活過的記憶才回去。我把剛才看過的回憶都保留下來，然後在幾日後的一個晚上，我隨便挑了一個無關痛癢的行為，將其改為決定搬回順德。

這樣應該就好了。

我在下刀前，默默祈求。

2016年12月19日　晚上7時32分　香港

【已編輯】

「這麼突然？」兒子一家看著順德嫲嫲旁邊的幾袋行李，大惑不解。

「是啦，」她為最後一個行李打上結：「我還是住不慣城市呢。」

媳婦擺出一副可惜的模樣：「媽，我們有空會多多過來看你的。」

順德嫲嫲知道這只是客套話，擺擺手笑說：「好啊，有空再說吧。」

「我去叫阿正出來說再見吧。」說罷，兒子正想去拍他房門。

「不用，不用。」順德嫲嫲連忙叫停了兒子，神氣的說：「我有這個。」

說罷她拿出了兒子上年送她的智能手機，在上面吃力的操作了好一會兒。

隨即，阿正從走廊走出來，手執電話。

「嫲嫲要走了？」他的語氣帶點緊張，混和了一絲不解。

聽見此話，順德嫲嫲興奮的說：「小正真的收到我的信啦？啊，這玩意沒騙人的呢。」

「當然了，媽，現在科技很發達的。」媳婦在一旁冷冷的說。

「你不再澆花和煮炒鮮奶了嗎？」阿正問道。

「孩子，這些有傭人做的。」媳婦好氣沒氣的對他說。

順德嫲嫲也搭話：「對啊，我教她們了。以後想吃的就請她們煮吧。」她花了一整個下午，去教懂家中的菲律賓籍傭人如何煮順德菜。

「這不一樣的。」阿正說的一句話，引來了全部人的目光。

家裏沒有人接話，他繼續說：「嫲嫲不是有風濕所以我們才接她過來住嗎？」

他記得父親對他說過的話。他說嫲嫲年紀大了，一個人住的話病了會很不方便。

「不怕，」順德嫲嫲笑説：「小正教了我用訊息嘛。我會第一時間通知你的。你説過，現在去舊金山都不過一天時間，你們過來也可以很快啊。」

有一天他們看電視的時候，嫲嫲曾向阿正討教過關於飛機這種新科技。

她吃力的去融入這個新時代，只可惜這個新時代實在太大，大得容不下她一個老人家。

順德嫲嫲用肩挎上了那個小腰包，稍稍整理後放到自己前面，吃力地蹲下來穿上涼鞋。

「其實，」阿正終於除下了耳機：「現在的科技也不是很發達。」

「這些訊息也會出錯的。只依賴這些科技，不太好。」

從此，順德嫲嫲不再住在順德。接下來的一天她沒再外出買菜，只留在家中，聽説是學習使用語音功能。阿正説這樣的話，她就不用再花時間用手寫輸入文字了。順德嫲嫲很快就上手，阿正甚至教她如何拍照，好讓她能把這裏新奇怪誕的事都留在屏幕裏。最重要的是，她能每天都和阿正拍張照，見證他一天一天的成長。

完成了。

我深深的呼了一口氣。我依照順德嫲嫲的要求，幫她保留了部分在這邊生活的回憶，然後在某天她的確有決定要離開。

只是在新的事件環中，阿正令她留下來了。

早就說，我們不能確保委託能如願完成。

「對吧夢露，我的確沒違反修正師守則。」夢露全程一直在旁監督我，為我添了不少壓力。

牠露出一副拿我沒輒的模樣，嗖一聲從吧檯跳走了。

還好她這個遺憾，從此也不再是遺憾了。

我把載體縫合過後，順德嫲嫲就醒來了。我告訴她我依她的說話照做了，在香港生活兩個星期後主動提出搬回順德。

她滿意的點點頭，神情間卻流露不捨。

放心吧，你和他們不會再分開的。

雖然規則說我不能告訴她，但我仍然覺得由她親身感受比較好。

「對了，」我突然想起一個疑問：「為甚麼要故意調校鬧鐘，在凌晨起來？」

憶起事情對她來說也是件費勁的事。

她眉頭微蹙，終於想起來：「啊，那個。因為我看見媳婦在吃飯時都會拿著電腦看韓國人演戲。我有一晚發現原來電視機在深夜時分也會放映，看了的話就能和媳婦聊天了。」

如果你不是順德嫲嫲，而是我的嫲嫲，那該多好。

可是，我把這句話換成了：「後會有期，回家路上小心。」

人到中年的大叔，還是別說些肉麻話比較好。

叮嚀嚀嚀。

離開的時候，她還是喜歡把小腰包放在自己前面。如同她的想法一樣，老土又可愛。

要是有一天，那個叫阿正的小伙子來找上我的話，我必定要告訴他有多幸運。

當事人離開了，勤奮的時鐘還在走。

滴答、滴答。

我在期待著下一次風鈴響起的時候。

第六晚 ◆ 長淚痣的大學生 ◆

第六個晚上
長淚痣的大學生

「喵──」時針剛走過十二，夢露又伸了一個懶腰。

這天晚上應該不會有客人來吧。我暗想。於是我拿起牙刷，幫牠梳理臉部的細毛。牠雖然不太喜歡，但還是會乖巧的呆在原地。

我抬頭望向久久未推開的木門。萬事屋只有一扇窗，就在木門的上方。

這是我和世界之間的唯一縫隙。從那個正方形的木框中，我可以知道何時天亮，何時天黑。

除此以外，我一無所知。

我是一個被困在正方形的人。在外面透過窗戶來看我的話，恰好是個囚字。

叮嚀嚀嚀。

正當我在看著小窗戶發呆的時候，這晚的當事人剛好來了。我還沒替夢露梳好毛，只得把梳子和牠都擱到一旁。

「歡迎光……臨。」當事人背向我把門關好，一別過臉就把我驚呆了。

這個男生大概只有二十歲，一張臉蛋彷彿是某個神明花心思設計過的，白皙之餘還精緻得無可挑剔，在左眼眼角下的一顆淚痣更添幾許溫柔。他的穿搭相當簡單，一件衛衣配上足球褲已經像是從廣告牌走出來的模特兒，大概是拜他高佻的身材所賜。這顆雞蛋唯一的骨頭就是不夠健碩。我在心中默默唾罵蒼天的不公平。

「這裏是遺憾萬事屋，來修正遺憾嗎？」可是在人前，我還得展出一副專業的樣子。

他微微瞇起眼睛，輕輕的朝我點頭。

要是我是女生的話，這個眼神或許已經使我愛上他了。

「那麼，請來這邊坐。」我實在想不到，這種贏在起跑線的人還會有甚麼遺憾。自從接手萬事屋，天天無所事事的我老早就在想一個問題：甚麼叫公平？

在班上老師要每個孩子都為班會貢獻一個蘋果，這看似很公平。事實上並不，對於某些孩子來說這根本不是一回事，可是對某些孩子而言這已經是一頓午餐了。

世界本來就充斥著不公平，唯一公平的就是每人都有二十四小時。不，我並沒有。算了，這個例子不算數。

「每個人一生人都有一次可以修補遺憾的機會。」

萬事屋看似很公平，對吧。其實也不，我老早就在想，是不是應該給這社會上的某種人多一個修補遺憾的機會。不過修正師並不是個能拿主意的崗位。這些只是在清理貓毛時任由腦袋胡思亂想的產物。

「契約書在這裏，沒問題的話請蓋上指模。」説罷，我把契約放到他的面前。

他的眼睛又在瞇起來，這是他的小動作吧。説不定他是故意的，這樣就能讓人注意到他一張得天獨厚的臉孔。

他從口袋拿出瘦削的右手，中指戴了一枚看似很昂貴的指環。不得不承認的是，他連蓋印這個動作都優雅極了。

「謝謝。」把契約交給我的時候，他終於開腔，而且聲音還像外表一樣無懈可擊。

可是，這張藝術品似的臉孔好像從來不會笑。

契約書正式生效，我問他有甚麼遺憾想要修補。他又再瞇起雙眼詢問我：「如果我有一個遺憾，可是又不想把它完全忘掉，那該怎麼辦？」

這個想法和順德嫲嫲的類似，我熟練地告訴他：「那很簡單，我會保存部分的記憶，然後在某個關鍵性的選項為你更改當時的決定，避開憾事的發生。那個選項之後的回憶將會消失，由新的記憶取替。在選項之前發生的事則會保存下來。」

他點點頭，好像聽懂了。

這時候我才留意到他的衞衣寫著某間本地學府的名字，聽說這家大學不容易考進。

我向他調侃：「你是大學生嗎？」這又是一句明知故問的開場白。

他點點頭，臉上依然不帶一點情緒。既然他沒興趣和我閒聊，我決定快點開始工作。

我問他一個每個當事人都必須回答的問題：「長話短說，你的遺憾是甚麼？」

「我想要結束現在的一段關係。」他瞇起眼睛的時候，淚痣在平滑的肌膚上拉扯。

據我的非正式統計，在這裏修改過的遺憾，過半都與感情瓜葛有關。

他又再開腔：「但我不捨得這段回憶。」

我在他的眼神見到了哀傷。

猜不到他竟是個性情中人。我承認憑他犯規似的外表和條件，我早就認定他是個花花公子。因為他的條件絕對允許他這樣做。世界就是如此不公平。我們總會以貌取人，無法抵賴的是我們都會。這是人類的本性，只是在所謂的道德教育下，我們連與生俱來的缺點都不敢承認。

「感情事呢，年輕人。」我嘗試著安慰他：「看開點。你告訴我，你在大學讀甚麼？」

他不明白這些和感情事有何關係，但還是如實地回答我：「醫科。我父母是私營醫院的董事。」

媽的，這樣就更不公平了。

「好吧。大學生，你聽好了，」我盡量保持持平：「雖然不知道你的感情煩惱是甚麼，令到你絕望得被安排來到這裏。可是以你的條件，你絕對能找到更好的人。」

他搖搖頭，不同意我的話。

「我知道你在想甚麼，但我沒你們想像得那麼完美。」

不知為甚麼，我覺得他不是在説謙虛話。

他像是想起甚麼似的，突然雙手抱頭，用力抓住自己的頭髮，狀甚悲傷：「你們都不明白……」

我倚在吧檯上托著腮，等待他從回憶中抽離後給我修改的指示。

他以絕望的聲線説：「我的存在令她感到痛苦。」

「她離開了我的話，就可以去過更好的生活。讓我一個人來承受折磨就好了。」

天啊，這男生怎麼能説出這樣肉麻的話而不打一個哆嗦。我和夢露都聽得毛管直豎，只好別過臉去。我佯作要去燒水，不讓當事人看見我不屑的表情。

「你說你有想保存的回憶，對嗎？」看他一副狀況外的模樣，我嘗試引導他思考：「你考慮一下，修改哪個選項可以既保存到你們一起過的回憶，又可以順利結束關係。」

說到這裏，我頓了一頓。

「那麼，你為甚麼不現在直接跑去和她分手？」這是一生人只有一次可以逆轉命運的機會，我們並不建議當事人修改一些現在也可以同樣做到的改變。

「太遲了，她因為我而錯過了太多。而且現在的我已經無法離開她了。」他終於笑了，只是臉上的淚痣摻和了苦澀。他在苦笑：「但我知道分開是必須的。」

我實在不能再忍受他的矯情，只好快手快腳替他倒了茶，不讓他多說無謂的話。作為修正師，我已經聽過上千個淒美至極的愛情故事，不必再聽了。

「二零一六年十二月二日，我要決絕地和她說分手。」

這是在他睡去前留下的指示。這人閉上眼的模樣，仍然好看。

我心中暗想，要是沒那麼矯揉造作的話，他就完美了。

「我的存在令她感到痛苦。」他說的這句話深深地烙到我的心坎。

令這個完美男生痛不欲生的，到底是個怎樣的女生？

我急不及待好想看看了。

2016年2月12日　晚上11時02分　美術工作室

【此段回憶未經修改】

載體把我帶來了一間工作室。接近一千呎的單間套房放置了十多個木製畫架，有的被收起來擱在一旁，有的則被置在路中，驕傲地展示著藝術品。要是沒有留意的原來還有間臥室的話，該會以為是大學的美術系工作室。

除了臥室以外，這裏還有一個開放式廚房，一部懷舊唱機以及一把酒紅色貴妃椅，不折不扣是某人的家。坐在椅上的人正是那個矯情的大學生。這天他穿了件好看的純黑襯衣，上面還有幾顆沒扣好的鈕扣。不穿便裝的他沒有了今天的年青和隨性，取而代之的是一份屬於上流社會的氣質。偌大的工作室之中，燈光昏暗，月光投射的冷色尤其顯眼。他獨佔一整張沙發，雙眼離不開手機的屏幕，貌似在處理些特別重要的事情。

這時候，另一個身影從臥室走了出來，那是個女生。她就只穿了一件過大的白色襯衣，上面沾滿了不同顏色的顏料，但她毫不介意。這是靈感的足跡，如同軍人身上的疤痕一樣可貴和光榮。

她步出客廳，把原本浪漫的燈光調校至最亮，以一把嬌嗲的聲音抱怨：「親愛的，光線不足會影響調色呢。」

説罷，她走到其中一個畫架前面，隨手拿起了一支6號畫筆。不是作畫，而是把一襲棕色長髮繞成髮髻，用筆來固定。她沒花太多時間，又從畫筒拿起了另一支尼龍畫筆在畫布塗抹。

看到她走出來，大學生終於把眼睛從熒幕移開。一件西裝外套掛在沙發的椅背，他走到那邊，悄悄檢查口袋，確保裏面的東西沒弄丟。那是一個絨面戒指盒，印有某家著名首飾店的商標。

他在附近徘徊不定，走到藝術家的旁邊輕聲說：「凱倫，我想……」

「呃呃，」叫凱倫的女生咬著畫筆，一手拿著調色板，一手拿著用來清潔畫筆的報紙：「小心你身後的油畫，昨天才剛畫好。」

大學生下意識瞄了瞄後面的畫布，又是一幅他看不懂的作品。她全神貫注在眼前的畫作，雙眼瞪得老大，不允許筆下的作品出現一絲瑕疵。身旁的他正看得著迷，這張杏臉桃腮自身已經是件藝術品。

大學生靜靜的站在她身邊看她畫畫，這樣一看凱倫並不比他矮多少。他倆無論是外表還是背景也門當戶對，這個女生到底還有甚麼吸引力可以讓大學生質疑自己存在的價值？

「凱倫，我真的想和你說句話……」大學生在旁邊躊躇良久，終於開腔。

拜託你別對著她說那些肉麻話，把戒指直截了當給她好嗎，求你了。在載體外窺看的我暗忖。

被打擾了創作的凱倫臉上稍露不悅，還是親暱的回答他：「當然可以，有甚麼事嗎？」

既然他只想要結束這段關係的話，就在這裏替大學生修改成和她提分手就可以了吧。

儘管我不明白。

可是修正師要做的只是依照當事人的意願幫他們修正選項，不需要明白。我正想為他剪斷這條絲線的時候，大學生繼續了他未完成的句子：

「我們不要在一起了，好嗎？」

甚麼？

他不是想要和她求婚？提分手不是我要修改的選項嗎？為甚麼他會逕自說出口？

我看看工具箱，剪刀還一塵不染的躺在箱子入面，我根本都未曾作出修改。

正當我被不安籠罩的時候，夢露氣定神閒的跳上來吧檯，輕叫一聲。

我把目光從事件環抽離，頓時發現這條絲線的日期是二零一六年二月十二日，而非大學生剛才說想要修改的二零一六年十二月二日。

我不禁舒了一口氣，攤軟在椅上。

身為修正師的這些年來，我都甚少犯錯。我實在不能忍受自己犯下這種低級的錯誤，而原因歸根究柢都是我本來就對這個矯情的大學生印象不好。我認為以他的條件不該再有甚麼遺憾，所以沒有和他談得更深入就開始了修正。

幸好我還沒有開始，要不然就害了他一生了。

「相當抱歉。」我對著熟睡的他說，微微欠身。

說罷，我去洗了把臉。待會重新戴上濾鏡的時候，必定要以一副不帶顏色的眼鏡去看他。

可是，那不就代表凱倫不是那個令他苦惱的人？

這小子到底都和甚麼女生交往了。我不禁又在心底發牢騷。

抖擻精神過後，我決定繼續追看他和凱倫的發展。我承認和這位當事人的接觸太少了，多看一點或許就能更加了解他，免得再犯錯。

每位當事人甫踏進萬事屋，就把他們的命運交託予修正師。他們與我素未謀面，便讓這個陌生人窺探內心最深處的回憶，也任由我幫他們改寫一生。契約書上的每個指紋，不論帶著的是懷疑或是惶惑，都是一份對修正師的肯定。他們在夢中徘徊，期待醒來後就有不一樣的人生。

帶著這份肯定，我再次進入大學生的世界。

不知道他後來發生甚麼事了，我只是想要還他一個滿意的人生。

2016年2月12日 晚上11時17分 美術工作室

【此段回憶未經修改】

「我們不要在一起了，好嗎？」大學生稍稍低下頭，在她耳邊輕聲說。聲音就像以前和她說情話一樣溫柔。

凱倫怔住了，視線停留在畫布上面，無法移開。

良久，她靜靜地放下畫筆和調色板，竭力保持冷靜：「你今天怎麼了，剛才不是好端端嗎？」她用力地捉住他的雙臂，被顫抖的一雙手出賣了她的激動。

大學生輕輕捉住她瘦弱的肩膀，好讓自己能直視她。他一雙堅定的眼睛看著她，把剛才的話再說一遍。在這一刻，她不敢多眨一下眼，為的只是想要努力記住他的樣子。

別人說，長有淚痣的人都愛哭。可是這兩年來，恐怕他也從沒為我流過一滴淚。

她在心裏想，到了最後一刻也沒勇氣説出口。

「謝謝這兩年對我的照顧。」他深情的看著她，甚至親切地為她扣上襯衣上未扣的鈕扣。

説罷，他拿起掛在椅背的外套，逕自離開了她的工作室。

工作室的玄關掛著一幅大油畫，畫中的男生眼角長有淚痣，親暱地吻著一個穿著白色襯衣的女生。

至少在畫框內靜止的時空，他們將永不分離。

大門關上後，他從口袋掏出了手機，急不及待寫了一則短訊：「我和她説清楚了。」

不消一分鐘，另一邊廂傳來回覆：「我也是。」

「我現在過來，待會見。」他對著手機傻笑起來。

他終於笑了，不帶百分之一的苦澀。

電話中的女生就是大學生撇了凱倫的原因。一個比藝術家還

要優秀，而且會因為大學生的存在而感到痛苦的人，真的存在嗎？

我心存懷疑。

大學生之前説他並不是我想像中般完美，指的就是貪新忘舊的本性嗎？不過在充斥著年輕人的校園之中，這種事已經多見不怪。在這個風氣下，他仍然會為不道德而感到愧疚，已是道德至極。

只是我越來越不清楚，為甚麼他仍然要為一個女生那麼感概？既然如此深愛著這個女生，為甚麼又要忍痛分開？

我猜，該不會是為了締造刻骨銘心的情史吧。

2016年2月13日　0時10分　大學宿舍

【此段回憶未經修改】

藝術家住的地方和大學距離並不遠，只消半小時大學生已經回到學校宿舍。他掏出學生證，「嘟」的一聲推開了宿舍大門。他坐升降機至宿舍的最高層，再徒步爬一層樓梯到天台。因為之前鄰近宿舍的跳樓新聞，他們宿舍的天台入口也草率地圍上了膠帶。他比一般人長得高，輕易就跨過了。

在正要離開的一刻，他驀然回首，思索片刻後直接扯破了膠帶。

他站在天台之上，飽覽整個大學校園。已經凌晨了，校園不少地方仍然燈火通明。或許是在溫習，或許是在玩耍。

我曾經思索過為甚麼年輕人都不睡覺，別人說是因為他們精力旺盛，且新陳代謝快。我覺得不是這樣的。因為年輕的日子過得太快，拿來睡覺太可惜了。對此無能為力的人類只好靠不睡覺，偷來多一點還可以瘋狂的時間。

寒風颯颯，他只好把手藏在大衣的口袋保暖。不曉得過了多久，入口處傳來腳步聲，大學生忽然忘記了寒冬的煎熬，趕緊走過去。

推開大門的是個比大學生矮上一個頭的男生。現實點說，凱倫還要比這個男生高。

當他走進大學生眼中的一刻，眼睛的主人害羞地笑了。

「門前的膠帶是你弄壞的嗎？」那個男生回頭望著大門說。

大學生吐吐舌頭，擺出可愛的樣子。男生知道那是他為了自己而做的，不禁會心微笑。

「凱倫……沒問題嗎？」男生一邊問，一邊走到了天台的邊緣。

大學生也隨著他走，聳聳肩答道：「她一向也很冷靜。」

「也對，」男生點點頭，抱怨說：「那個女人纏了我很久，所以才來晚了。」

大學生笑說：「這段日子辛苦你了。」大學生走到他的旁邊，靠著他的肩膀悄悄取暖。

「你會後悔嗎？」男生望著校園的全景，突然問道。

「對不起。」大學生突如其來的道歉嚇壞了男生。大學生愁眉不展，儘管如此這一張臉還是很好看：「我沒有令你感到安心。」

「不，不是這樣的。」男生低下了頭，不敢和他對視：「只是別人都讚你和凱倫匹配。」

他低下頭，不讓別人看見自己在苦笑：「他們都不了解。凱倫是完美的，只是我並不。」

男生沒有答話，別人的確誤解得他太深。

「我知道在醫學系的人都在背後說我有靠山，將來絕對不用擔心出路。」大學生繼續說：「可是只有你看出了我在努力。」

這個男生是他在醫學系的師兄，在一次課堂偶然認識他。女生們只喜歡大學生的外貌和家境，他卻喜歡他的堅持和聰明。這個男生第一次令大學生覺得自己真正的與別不同。

「曦，沒有你的話可能我已經抵不住壓力而退學了。」大學生對男生說，言談間夾雜了愛意和謝意。

阿曦？

「她」就是阿曦？我錯了，我一直以為大學生說的是「她」。

和別人一樣，我實在錯得離譜。

然後我也終於明白，大學生常常掛在口邊的「不完美」不是指自己貪新忘舊。他一直也認為自己的取向是個缺憾，儘管他在其他方面多麼的一枝獨秀，他與生俱來就是一個不完美的人。直至，他在大學遇上了阿曦。他活了二十年，第一次感受到自己的不完美原來也可以如此美滿。

這天距離大學生指明要修改的十二月二日只有十個月之隔。

我很好奇當中當天發生了甚麼事情，要令他忍痛離開。

我記得大學生說過，只要他徹底忘記自己，才能去過更好的生活。

既然深愛，又何苦要忘記。我不懂。

或許我是懂的，只是忘記了。

2016年12月2日　晚上7時07分　大學校園

【此段回憶未經修改】

臨近學期末，平日無人問津的圖書館變得熙來攘往。大學生本來就是這裏的常客，頓時變得熱鬧的圖書館讓他不自在。埋頭苦幹一整天，他捧著手提電腦步出圖書館，在門外等待他要等的人。

「嗨。」阿曦來了，打招呼的時候故意和他保持著距離。

大學生一看見他，臉上的疲態盡去。他們離開了校園，走到附近一家有情調的私房菜。大學生花了點錢，讓餐廳為他們包場。

「今天是甚麼日子？」阿曦不像大學生般有家底，不太習慣他的揮霍。他又壓低聲音繼續說：「太破費了。」

大學生點了一支紅酒，把它倒進高腳酒杯中：「這一年的今天或許不是個甚麼日子，」他輕呷一口，用有魔力般的一雙眼直視眼前的人：「但我希望我和你以後都會記得今天。」

他今天也穿著同一件大衣，從口袋掏出了一個盒子。他把絨面的盒子打開，是一枚純銀戒指。男裝的戒指不花俏，像他一樣樸實穩重。

「或許這天並沒有那麼快可以來臨，」他向他展示出自己的右手，中指上也套了枚一模一樣的戒指：「可是我想要先下訂。」

阿曦明白他說的話，這是時代的問題。諷刺的是我們在制度和不公下，根本無能為力。這堵高牆不知已經粉碎了多少顆雞蛋。

我沒有去推倒高牆的大志願。我的小心願只要知道他有這個想法，就已經實現了。阿曦心想。

「失陪一下。我出去打個電話。」說罷，阿曦離開了席間。

大學生暗自竊笑。這男生用紅酒中和了淚痣帶給他的苦澀，嘴角只剩下甘甜。

當日晚上，他倆並肩走回宿舍。校園遠比想像中大，唸到最後一年的阿曦喜歡帶他走不同的小路。繞路可以避免遇見熟悉的同學，又可以和他走得更久。天已經黑了，月光在樹葉的隙縫下投映到兩個年輕人的臉上。月色是冷色，卻一點也不冷。

「對了，英國那邊有消息嗎？我今天聽說和你同年的都收到通知了。」大學生問道。

「哈。」阿曦冷笑一聲，不屑的說：「都是班愛炫耀的爛傢伙。」

「也難怪他們，研究生的確不容易考。」大學生雙手插袋，低頭望著兩人走路的影子。

阿曦漫不經心的說：「我早在兩星期前就收到通知了，也不見我會張揚。」

「甚麼？」大學生頓時停了下來，拉住了他的手臂：「為甚麼會這樣的？」

「他們給我優先取錄通知，這又有甚麼好奇怪的。」阿曦一臉輕鬆的說，不覺得是甚麼一回事。

「你為甚麼不告訴我？」大學生心情複雜得很，一下子不知道該用甚麼語氣說話：「我真的很為你高興，可是我們即將要分隔兩地，你打算甚麼時候才告訴……」

不待大學生說完，阿曦已經截斷了他的說話：「不不不，這有甚麼關係？我剛剛已經拒絕了。」

「拒絕？」大學生又受到另一波衝擊：「甚麼時候？不，這不重要。為甚麼？為甚麼要拒絕？」

「因為你已經下訂了嘛。」說罷，阿曦故意搖搖戴上了指環的右手：「既然已經承諾了，就不能留下你一個。」

「況且，你太軟弱了。」阿曦繼續說。大學生知道，他指的是自己面對閒言閒語的懦弱。要是沒有他的話，他可能早已退學去當個游手好閒的紈絝子弟。

「你剛才打電話就是去拒絕取錄？」大學生和他繼續並肩而行。

「呃，不算吧。我是寫電郵去的。」阿曦答道：「那通電話是打給家裏，告訴他們我明天會回去。」

大學生上前追問：「你不是週末才回家嗎？」

「既然答應你了，我不可能瞞他們一輩子吧。而且終有一天，你也會成為他們的家人。」阿曦捉著大學生的手，在漆黑之中彳亍而行。

大學生從沒告訴過阿曦，其實他從小就有點怕黑，可是現在黑暗於他而言已經有另一種意義。

然後，我在載體看到接下來的幾個週末，阿曦都沒有再回家。

聽說他無法說服父母，而且關係鬧得很僵。拒絕了海外大學的取錄後，他打算在畢業後隨便找份工作，反正對於他來說都是浪費時間。

世界很大，機遇處處。這圈子卻小得可憐，遇到同樣喜歡自己的他，多難得。

阿曦一直習慣獨來獨往，直至遇上了大學生。在氾濫的讚美之下，他看出了大學生生活得很苦。大學生對自己的依賴，使他找到了自己存在的意義。

我望著沉睡了的大學生，睡得正酣。大概只有在睡著的時候，他才能從痛苦與自責中稍為抽離。要是不夠運的話，在夢中碰見那張臉孔，愧疚還是會在夢境延續。

如果他是喜歡女生的話，就不必經歷這些錐心之痛了。上天費盡心思去創造完美的他，偏偏卻要畫蛇添足般的為他締造一個不能宣諸於口的瑕疵。祂要全世界的人都羨慕他，讓他在快樂和悲痛之間徘徊折返。

也許他的一顆淚痣就是上天告訴他，這一生是要他來還淚的。

其實只要把回憶修改成沒有遇上阿曦，就能忘記這一切的傷痛。只是既然他堅持要保存和阿曦曾經在一起的回憶，就不能避免傷心了。大學生是個聰明人，他不可能不明白這一點，只是他不捨得放棄這段回憶。

有朝一天，他或會因為任何原因而離開他。這樣的話，回憶就成為了大學生賴以為生的工具。只要閉上眼，加點想像力，他就在身旁。

只是沒有當事人的同意，修正師並不能擅作主張。不然後果將會非常嚴重。既然這是當事人的意願，我的責任只是幫他完成修改。而且年輕人沒傷心過的話，就不叫談過戀愛了。

他想讓阿曦離開，不只是為了阿曦的前途，更多的是為了他自己。

我和他沒有談得很深入，可是從他的往事我看到了更多，包括一些他自己也不敢承認的想法。

可是啊，要是一個傷口就能讓他以後更勇敢的話，太划算了。

「我説得對吧，夢露。」我向一隻從未談過戀愛的貓尋求認同，這個行為荒謬至極。

2016 年 12 月 2 日　晚上 7 時 07 分　大學校園

【已編輯】

在圖書館碰面後，大學生把阿曦帶到附近一家私房菜館。他們平日在學校很少會獨處，因為大學生的存在實在太注目，去哪都會成為焦點。阿曦不像他一樣生長於富裕的家庭，他平日大多都是吃飯，甚少會吃情調。今天對於阿曦來說是個重要的日子，他想要親口和大學生宣佈這個消息。對於大學生來説，今天也是個籌劃已久的日子，他想要親口問阿曦一個問題。

「我告訴你一件事，好嗎？」阿曦率先開腔，大學生只好讓他先説。

阿曦急不及待的捉住他放在桌面上的手，興奮的告訴大學生他決定接受英國一所大學的研究生學位。

大學生得知的時候心情和他一樣激動，每年能夠考上研究生的人就不多，他很高興阿曦是其中一個。雖然這樣就代表，他們不能再像現在日夕相對。以後在他快要被壓力逼瘋的時候，阿曦只能透過電話給他無形的擁抱。

這時候，他發覺身後突然變得嘈吵起來。他沒有回頭去看，但他知道那是一群侍應在竊竊私語，他這才意識到阿曦居然在餐桌上明目張膽地牽著他的手。

他們一直努力在同學前隱藏，在家人前隱藏，在女友前隱藏。他們好比一群夜行動物，只有入夜方敢行動。他們在白天像罪犯一樣，竭力去喬裝成另一個人，為的只是不想被當成異類。說到底，他只是一個習慣在讚美中成長的人，到現在連承受丁點兒閒話的勇氣也拿不出來。

我是夜行動物，而他是晨曦。

命運早已註定我們無法活在同一片天空下。

大學生的口袋還放著一枚戒指，他打算在今天告訴阿曦共度餘生的想法。可能去荷蘭，可能去加拿大。也許是五年後，也許就是明天。這一切都不重要，他曾經以為只要戒指的主人首肯就可以。

阿曦是個有責任感的男生。大學生很明白，因為他也是個有擔當的男生。要是他在這刻向他提出的話，阿曦必定會放棄研究生的學位，留在身邊陪他直到得到雙方家人的肯定。

這樣的話，他將會很痛苦。

大學生深信自己生下來就與眾不同，淚痣彷彿就注定他這生都不能獲得永恆的快樂，也不可一直活於陰霾。他不願對方和自己一樣。

要是我不存在的話，他至少還有學業和家人。我不期望能成為他的救贖，只願我不會再令他痛苦。

大學生心想。

說罷，他把戒指盒拋到阿曦面前，擺出一副目中無人的樣子：「到英國要花不少錢。把這個拿去，我們以後不要再見了。」

阿曦的表情驟變，不明白大學生在說甚麼。

「我不覺得我們有愛到可以異地戀的地步。這也值點錢，你當作甚麼也好，別把我們的事說出去就是了。我想你應該懂的。」他呷著紅酒，眼尾也沒瞄他一下。

因為他怕一旦和他對上眼，他就能看穿自己在說謊。

當天晚上，情調還未吃完，阿曦已經離開了。大學生在空無一人的菜館，感受著他曾經存在過的氛圍，紅酒也不苦了。

他知道剛才故意說出來的那段話也不全是謊言。他的確不夠喜歡阿曦，不足以能令他接受自己的瑕疵。說到底，阿曦的存在也令他感到痛苦。這一張叫他無法自拔的臉就像時時刻刻在提示他的缺憾。

他一直不敢承認的，還是自己的不完美。他喜歡他，只是更喜歡那個一直堪稱完美的自己。

沒有誰不允許我們在一起，除了時代。

他醒來了，因一時適應不了燈光而皺著眉：「請問，最後他有去到留學嗎？」

「抱歉，」我清潔著剛才用過的鉗子：「這刻我不能告訴你。你在步出萬事屋後就會知道了。」

他點點頭，一臉無可奈何。

「大學生，聽我說句話。」我把快要離開的他叫停。

剛睡醒的他頭髮有點蓬亂，他隨意地用手整理一下。

我站在吧檯後面，雙拳貼著檯面：「你，絕對比你自己想像中堅強。」

身為修正師的我不應該質疑當事人的決定，尤其是他已經行使了這個權利。不過我還是可以以局外人的身份，隨意說點話：「雖然你在離開這個門口以後將不會記得我，但我想你知道，我不認為你不完美。」

「知道了我的秘密後，你還是這樣認為嗎？」他又再眯起眼睛，這是在質疑我說的話。

「這世上根本就不存在完美的人，所以不完美的人也不存在。」我說得有點玄，希望他能聽懂。

他低下頭，沒有說話。

「世界這麼大，你總會找到能容下你的角落。」我挑挑眉，更正自己：「能容下你們的角落。」

「大叔，感謝你。」他的一顆淚痣猶在，可是他已經不再悲傷了。起碼我是這樣覺得的。他繼續說：「雖然服務是免費的，但我有甚麼可以給你嗎？」

家裏環境好的孩子，總習慣對著於自己有恩的人慷慨。到底是因為他們富有所以慷慨，還是因為慷慨而變得富有？

這是一道我永遠不會在自己身上找到答案的問題。

「不用了，這個權利是你與生俱來的。」我回答：「如同你對他的感覺一樣。」

他先是一怔，再裝作不痛不癢的回我一個微笑。

早就說了，這小伙子夠堅強的。這點情傷算得上甚麼。重要的是，他從此能勇敢的面對自己。

「慢著！」在他快要推開木門的一刻，我喚停了他：「你是不是想要報答我？」

他呆滯的點點頭，我才發覺這個問題問得有點怪。

我連忙甩甩頭，好等自己清醒一點，也著他不要誤會。

「你讀醫學院，是嗎？」

「對。」

「是最難考進的大學嗎？」我指著他身上的衛衣問。

「……可以這樣說吧，事實上的確是。」

那應該不會錯了。我心想。

我對他說：「要是你在一兩年後，在醫學院碰到一個戴眼鏡、束著馬尾、皮膚白皙、身材瘦削，而且比同年同學都要大的女孩子，幫我關照她。」

大學生苦惱地說：「名字呢？在大學，差不多每星期也有這類型的女生和我表白。」

要是別個小子這樣說的話，我早已揍他一頓。

「我不知道她的名字。」我無奈地苦笑：「我只知道她的時辰八字。」

說罷，我把她的生辰寫在一張便利貼上，著大學生放到錢包的暗格。

是的，他不會記得和我的對話。雖然機會渺茫，只希望在某天他翻到這張便利貼時，會記得要去找一個這樣的女生。

他這樣聰明，一定不會有問題的。

叮嚀嚀嚀。

關上門後，大學生離開了。夢露一下子跳到我的面前，怒氣沖沖的瞪著我。

「怎麼了，」我氣定神閒的說：「我又沒有留下他對萬事屋的記憶，在便利貼上也沒有寫上關於萬事屋的事。在他出去之後，所謂的八字只是一堆無意義的數字罷了。」

萬事屋諸多制肘，這些界線我不能踩得太明顯，只好替她賭一把運氣。

淡黃色的虹膜動也不動，像是在進行精密的計算，事實上牠該是在翻查修正師手冊。任這本手冊有再多的規條，也不會找到我的把柄。大叔我平生沒甚麼好擅長的，只有這點小聰明。

最後夢露也放棄了，牠眨眨瞪我瞪得累了的眼球，竄到角落去。完成了一宗委託，從此世間上又有一個人少了一個遺憾。這樣想的話，我會覺得自己比較偉大。

木門的小窗戶透出白光，天亮了。我越過吧檯，把「營業中」的掛牌翻去「休息」。接著，我把被鋪鋪在木地板上，就在夢露旁邊，默默思索陽光和貓哪樣比較和暖。

第七晚◆戴舌環的龐克女孩◆

第七個晚上
戴舌環的龐克女孩

天色漸暗下來，別人下班，我的萬事屋才剛開始營業。

這晚等了很久也沒有客人，夢露無聊的時候會在抓地板，我在無聊的時候會看牠抓地板。

我蹲在吧檯下面，點算著剩餘的契約書。一張、兩張……不數了，反正還有好一大疊。

我坐到椅子上面，讓兩隻椅腳凌空，只靠我踮起腳尖支撐。我幻想自己正坐在安樂椅上搖曳。這間店雖然不大，我已經相當滿足。在這裏，我有份穩定的工作、有瓦遮頭，還有一隻貓。

叮嚀嚀嚀。

有人來了，我連忙從安樂椅上跳下來。它瞬間打回原形，變回一張普通不過的木椅子。

「歡迎光臨，這裏是遺憾萬事屋。」同一遍話不知道還要説上多少次：「來修正遺憾嗎？」

今天晚上的客人是個少女，濃厚的妝容使我猜不著的她的年齡。她一頭粉紅色的短髮尤其顯眼，短得好比男生，一想到背包客的頭髮還要比她長我就忍俊不禁。她露出來的耳朵掛著一隻大大的耳環，耳垂被重量扯得直往下墜，看得我心驚膽戰。明明還有好一陣子才夏天，而且晚上還會起風，她卻穿著一件連肚子也蓋不到的背心，一條褲袋比褲管還要長的熱褲。沒被衣物蓋住的皮膚，都像塊畫布般畫滿了色彩繽紛的刺青。除了臉部，我幾乎不能看見她原來的膚色。

她用一雙塗了黑色的眼影的雙眸直視我，一張抹了紫色唇彩的櫻桃小嘴接著開腔：「這裏不是騙人的吧？」頸上還綁上了最近流行的黑色頸圈，整個造型營造出不折不扣的龐克風。

既然她也直截了當的問，我也老實不客氣：「你說，你有甚麼可以讓我騙。」

聽見此話，她靠在門上，認真地思考了大概一分鐘：「沒有。」說罷，她把木門關上，我就當她相信我了。

「請坐。」我著她坐到高腳椅上面，她豪邁的在上面盤腿而坐。

我不禁倒抽一口氣，不知道原來我躲在萬事屋這麼久了，時下的女孩都已經變成這個樣子。龐克女孩好奇的四處張望，不時用嘴唇把玩著自己的舌環。在對面把一切看在眼裏的我真的好怕她會把舌環不慎吞下去。

越看越不安的我別過臉，從吧檯拿出一紙全新的契約書：「這是有關修正遺憾的契約書，請務必看清楚上面的一切規條。沒問題的話就在上面蓋印。」

她看著檯面上的契約，動也不動。接著，我把墨盒也一併拿出來，她仍然像個雕像一般，目無表情。

「有甚麼不妥嗎？」我打破了寧靜，主動詢問她。

她抬頭看看我，一隻塗了黑色甲油的指尖在檯面上把契約書推前給我：「我不識字。」

「不識字？」我無法相信，甚至覺得她在耍花樣。我指著合同最頂的「事前須知」四個大字，想要試探她：「你讀給我看。」

她緊皺眉頭湊近去看，直至長得過分的睫毛碰到紙張。她相當吃力的讀出：「手……前……三……口。」

我差點就以為這是出前一丁的兄弟。

「你沒在騙我吧？」她痛苦的神情讓我開始相信她。

她不屑地回說：「你說，你有甚麼可以給我騙。」

的確，沒有。

「抱歉。」我向她致歉，微微低頭。

她擺擺手，隨性得像個男子漢：「別再逼我看字就好了。去他的，看兩眼就頭疼。」

「你有上過學嗎？」我盡量把這句話說得婉轉。

她頓時大笑起來：「大叔你是甚麼年代的人啊？當然有啦！」

我當然知道免費教育早就落實了，只是不相信在制度下還會有年輕人目不識丁。

「我又不是文盲，」她繼續笑說：「只是讀寫障礙罷了。」

我霎時明白了一切。

「求學時期過得很辛苦吧？」我猜測她應該是成績不好，所以才被當成是叛逆分子。

她把眼睛翻過去，霍地搖頭：「一點也不。孤兒院的老師都不會逼我看書寫字，多好。」

「孤兒院？」我聽出了句子的重點。

「不是吧，大叔……」她露出一個不可思議的神情：「你不知道甚麼是孤兒院啊？」

我被她氣得沒好氣，反駁說：「我當然知道！你的意思是你在孤兒院長大嗎？」

「就是啊。」她說著，一邊還在椅子上旋轉：「我是在五歲時去的。」

我不明白，通常電視劇都是把襁褓嬰兒放到孤兒院前。

龐克女孩又再嘲笑我的過時，向我解釋：「聽說我本來是有家人的，只是走丟了。陰差陽錯下就被送到孤兒院生活。」

我詢問她：「不嘗試去找一下家人？」

她失笑一聲：「找過了，十多年也杳無音信。不放棄還能怎麼樣。」

這的確很無奈，她這些年來肯定也不容易過。

「那你離開後孤兒院怎麼了？」我追問下去，甚至想不起要開始準備工作。

她説話的時候又在把玩舌環：「我十五歲那年就被領養了。」

「真幸運！」我不以為然的感歎，聽説沒被領養的孩子在十八歲便會被趕出來。

「幸運個屁！養父母是開車房的，把我接回去只是想要個廉價勞工。」女孩冷笑一聲，不屑的説。

說到這裏，我才發現她的雙手滿是或深或淺的疤痕，只是被顏色斑斕的刺青蓋過了。

「所以，你對他們一點感情也沒有？」

「沒有。況且他們都死了。」她不假思索地回答：「車房被叔父接管，我還在那裏打工。」

「為甚麼？」

「我還有甚麼地方可以去？」女孩凝望頭頂的燈泡，自說自話：「像我這樣連字也不懂的人，有三餐一宿已經很好。」

我不能和她調侃太久，要不然就得做天亮了。我把契約書一字不漏的讀給她聽，情境令我想起了順德嫲嫲。當時我把字眼轉換成老時代的詞彙，好讓嫲嫲明白。這次我也仿效當時的做法，把艱深的概念用龐克女孩會聽懂的說法說出來。

「……就是說你決定了修改選項後，那個選項過後的記憶都會像遊戲機的存檔——死清光！」我故意把事情說得可怕一點，希望她會意識到失去回憶的嚴重性。

誰知，她像個在聽故事的孩子一樣笑得直按著肚子。

「喂，我很認真啊。」我把聲音壓低，企圖讓她停止嘲笑我。

她伸手去擦擦眼角的淚水，嘗試冷靜下來。

待她平復過來，我提問一個我每天晚上都會問一遍卻無比重要的問題：「想好要修改哪個遺憾了嗎？」

她點點頭，彷彿只有這一個答案似的說：「希望在五歲那年，我沒有走丟。」

這個答案並不意外，但我必須再三和她確認：「你有辦法知道你是在哪天走丟的嗎？時間不重要，只要你能說出日期就可以。」

龐克女孩從高腳椅上跳下來，在熱褲淺淺的口袋中掏出幾張鈔票和廢紙。站起來的時候我才注意到她一雙修長的腿也和手一樣，留下了不少被刺青掩蓋的傷痕。她彎下腰，在吧檯上翻找那堆廢紙，直至找到其中一張。

「這是孤兒院在我走的時候給我的，她們說這樣或許會有助我尋回父母。」說罷，她把一張皺巴巴的紙遞到我面前，上面清楚寫著一個日期和地點。

「交給我吧。」我拍拍胸膛，為自己打氣。因為我明白這次修正對她來說意義重大，不允許一絲失誤。

我給她端上了一杯熱茶，她滿臉嫌棄，說不喜歡這些過時的東西。

「要不你待涼了才喝，好嗎？」明明我是修正師，怎麼弄得像哄孩子吃藥一樣。我不耐煩地說：「放涼了的話不就是樽裝烏龍茶嘛！你沒喝過津路嗎？」

她思索片刻，最終還是在說服下妥協了。

在燈光下熱蒸氣被照得現形，我們看著煙霧從茶杯中冉冉上升，時間好像過得很慢。

「對了，」她看著茶杯對我說：「過程會痛嗎？」

這個問題偶爾也會有客人問到，看來我乾脆把它加到常見問題好了。

我如實回答她：「最多只是在醒過來後會有輕微暈厥，絕對不會有痛覺。」

想了一會，我反問她：「刺青更疼吧？我看你一點也不怕。」

她搖搖頭，說：「疼，非常疼。而且我是一個很怕疼的人。」

「那為甚麼要刺青？還要那麼多。」我打量她一遍，基本上由頸部到腳跟都沒有一吋肌膚是沒有圖案的。

她輕嘆一口氣，笑說：「誰叫我愛上了一個刺青師。」

待茶放涼的時候，她把她的故事告訴我，夢露也在攢到我的旁邊傾聽。

「我在養父母的車房和一般學徒無異。在人手嚴重不足的車房，女生並沒有特權，一樣要換輪胎、躺在車底下檢查和清洗油缸。地舖是我們的車房，上面就是一間刺青店。有一次我上去替車房借點東西，認識了那裏的一個刺青師。」

我故意揶揄她：「去借東西卻被偷走了心嗎？」

她翻翻白眼，沒理會我逕自繼續說：「那時候，他叼著一支煙，就直接躺在接待處的椅子上打盹。」

她頓了一頓，掃走陳年回憶的塵埃：「我不敢打擾他，只好站在門前待他醒來。」

「然後就沒有下文了？」我像個讀者般發問。

她搖搖頭，說：「他很冷酷。我問他叫甚麼名字，他不肯告訴我，只叫我躺在刺青椅上。」

接著，她轉個身指著自己右肩上的一個羽毛圖案，一勾一畫也相當細緻。

我沒搭話，讓她說下去：「羽是他的名字，也是我的第一個刺青。」

另一天，龐克女孩又去找他了，這次是她自己想要刺青。

羽問她想刺甚麼，她答不出來，因為怕疼的她根本不想刺青。她只是想要見他。

那時候，一隻飛蛾停到刺青店的窗邊，她心血來潮便著他幫自己刺了一隻么蛾。

說罷，她又指著自己左肩的一個刺青，正在拍翼的么蛾栩栩如生。

此舉引起了羽的注意，他說自己刺過幾十隻蝴蝶，卻沒刺過一隻么蛾。

事實上，沒怎麼唸書的龐克女孩根本無法分辨兩者。

羽的刺青店位於舊區，而且在二層的小店每每乏人問津。店內有太多比羽經驗豐富的刺青師，平日甚少輪到他去為客人刺青。羽告訴她，刺青師需要作品才會成名，但現實是根本沒有人會去找寂寂無名的他刺青。龐克女孩知道他技術不凡，只是欠缺展露才能的機會。她為他的不得志感到鬱鬱寡歡。

於是，她答應成為羽的畫布。

「真的？多少也可以？」羽再三詢問她，他竭力壓抑自己心底的激動。

龐克女孩點點頭，笑說刺青可以掩蓋自己在工作時造成的傷疤，一舉兩得。

於是她忍受著一次又一次的疼痛，讓他一步一步的爬上更高。

直到一天，他發現她的身體不再像當初一樣潔白無瑕，無法再讓他肆意塗鴉。他為她身上的每一個作品都拍下照片，製成一本相簿，當成是這段感情的弔唁。

然後風一吹，羽毛輕得無法再墮地。沒頭沒腦的么蛾遍尋不獲，只好把熊熊烈火當成是羽毛，頭也不回的栽進去。

說到這裏，我叫停了她：「茶都涼了，喝吧。」

她瞪大了通紅的眼睛，看著我的眼神帶著擔憂。

「喝完就睡吧。睡醒後，一切就不一樣了。」

本來我還想再三確認她是不是真的可以放棄在五歲後的一切記憶，聽過故事後的我覺得已經沒有再問的必要。

大叔會把路鋪平，讓你走得輕鬆一點。

2002年8月10日　中午12時35分　遊樂場

【此段回憶未經修改】

這就是紙條上寫著的日期和地點，這次修正對於龐克女孩來說實在太重要，我反反覆覆的檢查上十遍方敢開始。

遊樂場的入口處站了一家人，三口子正玩得樂也融融。當中那個梳孖辮的女孩子，應該就是龐克女孩。儘管我覺得這樣稱呼一個乳臭未乾的小女孩真的很奇怪。

那年夏天鑠石流金，女孩的父親體貼地為她們去買汽水。女孩和母親在原地等待，母親指著遠方的海洋館說：「待會等爸爸回來，我們去看魚好不好？」

女孩天真無邪地搖頭，指著遠方的雲霄飛車。

母親慈祥的笑了，說：「你太小了，長大後才玩好嗎？」

女孩攢眉蹙額，鬧起彆扭來。

她的呼喊聲引來了不少途人的注意，無可奈何的母親只好想盡辦法哄她：「你看，那邊有氫氣球，我們要一個好嗎？」

女孩依著母親指的方向看過去，工作人員正拿著一大束氫氣球。它們被微風輕輕吹拂，好像快能直達雲端。

她迷戀的望著氣球，默默的點頭。

母親見她安靜下來終於鬆一口氣：「媽媽現在就去買，你在這裏千萬別走開。」

她的視線還是沒移開。

女孩一直看著在空中拂揚的一個氫氣球。

在芸芸氣球之中，吸引著她的只是那一個。紅色的氣球印有一隻羽翼漸豐的大鳥，旁邊還有幾根羽毛作點綴。

母親才剛走開，一陣強風襲來，為汗流浹背的遊人送爽。賣氣球的工作人員一個不留意，把其中的幾個氫氣球不慎放走了。

女孩大驚，只想到要追著那個氣球走。

遊樂場的遊人眾多，女孩沒理會前面站了甚麼人，只管仰頭望著在上空飛翔的紅色氣球。太陽很刺眼，但她沒理會。

女孩一股勁兒的抬起頭跑啊跑，跑啊跑，不知撞倒了幾個行人。

她只記得當天，她跑了好久好久。

「噗。」氣球被樹枝無情地戳破了，一個洩氣的皮囊從天而降。

女孩停下來把它撿起。她終於得到它了，只是它已經不會在藍天翩翩起舞。

「小女孩，你的父母呢？」熱心的登山客在山腳一處碰見她。

她不知道，只好搖搖頭。登山客細心地為她拭汗，令她想起了溫柔的母親。可是自那天起，她再沒見過自己的父母。

就是當天這樣一跑，原本的康莊大道被她跑得崎嶇不平。有時候就是一個分岔路，把我們的命運岔得四分五裂。走了左邊，一生高床軟枕；走了右邊，卻可以三餐不繼。

不都是路一條，為甚麼上天總要有些人走得那麼苦。有機會遇見祂的話，我必定要好好和祂對質。

這十五年來太辛苦了，讓我把一切都扳回正軌吧。

我看著熟睡了的她，粉紅色的瀏海蓋住了一雙睡眼，舌頭穿著鐵環的她還像個孩子般流著唾液。

這些苦難，實在不應由一個二十歲的女孩子來經歷。

2002年8月10日　中午12時39分　遊樂場

【已編輯】

二零零二年的仲夏，艷陽高掛，幾個氫氣球在上空飛揚，惹來了不少孩子的目光。

母親溫柔的問女孩：「你想要一個嗎？」

女孩看氣球正看得痴迷，只是點頭。

母親笑了，對她說：「媽媽現在就去買，你在這裏千萬別走開啊。」

女孩仍舊看著那個印有雀鳥的紅色氣球，只是這次她拉住了母親的衣角：「要那個。」

母親循她的視線看過去，笑說：「要不這樣，你和媽媽一起去挑？」

女孩點點頭，捉住母親的手走過去。大概是因為太陽很猛烈，所以媽媽的手被曬得很溫暖。

突然一陣秋風襲來，粗心大意的工作人員不慎放走了幾個氣球，包括女孩一直目不轉睛盯著的紅色氣球。

「啊！」女孩指著在上空飄揚的氣球，它越飛越高，甚至和一隻飛蛾擦身而過。

母親見狀，連忙請工作人員拿一個新的。

「抱歉，」手中執著幾十個氣球的工作人員說：「樂園規定要賣完手上的才可以拿新的出來。要不考慮一下粉紅色這個……」

「是這樣嗎？」母親邊說邊打開名牌手提包，拿出幾張金色鈔票：「這樣可以幫我女兒拿一個嗎？」

女兒望著這個莫名地吸引的紅色氣球，上面的羽毛圖案尤其漂亮。

她左手緊緊捉住氣球的絲帶，右手緊緊捉住媽媽的手。

「別鬆手啊。」母親看到女兒一臉滿足的拿著氣球，溫柔地叮囑她。

「知道了。」女孩回答。說罷，她的右手捉得更牢。

2012年10月31日　晚上8時14分　大宅

【新增的回憶】

某條新交織出來的絲線把我帶到了一間豪華的大宅，富麗堂皇的大廳坐了一對夫婦。男人拿著平板電腦，在上面指指劃劃，一瞬間就賺了輛房車。在他身旁的女人正翻閱著時裝雜誌，追看今季最流行的顏色。

「今年的年度顏色是橘紅色，我們把家裏裝潢一下好嗎？」女人張望四周的牆壁，都是上年流行的亮粉色，過時得叫人嘔吐。

「好，」男人正忙著：「你拿主意。」

女人滿心歡喜，拿起黑莓手機去約見室內設計師。

這時候，一個女生步下階梯。

白皙的皮膚配上棕色的曲髮，從弧形樓梯走下來的一刻，像極了童話公主。她穿著一條淡橘色的長裙，緩緩從閨房走下來，一顰一笑都優雅到極致。

這時候我才知道，原來她沒上妝的面容是這樣的眉清目秀，原來沒刺青、沒疤痕的肌膚是如此白皙幼嫩。

原來沒吃過這些苦頭的她，會是這個樣子。

「女兒，你猜今年的年度顏色是甚麼？」女人手執雜誌，想要考考她。

女兒思索片刻，說：「估計會是暖色吧。不會是粉調的，應該會比較鮮艷。比如說，像橘子色之類？」

女人雀躍得直拍手掌：「你怎麼能每次都猜中？太神奇了！大師說得沒錯，你真是個天才。」聽見此話，女兒漲紅了臉。面對讚賞，即使在家人面前也得表現謙遜。這是家庭教師說的。

女兒從小就有學習障礙，坐擁過億身家的父親聘請了專業的治療師到家裏給她上課。在一對一的教導下，她已經能應付基本的學科。

「聖誕節我們去法國度假好嗎？」晚餐時，父親提議說。

女兒問道：「你和母親不是在上個月剛去過嗎？」

「我們不是去旅遊的。」父親放下了刀叉，一本正經的說。

父親的一個朋友是深造後回流的設計大師，他在偶然的機會下發現女兒在時裝設計方面的天分，夫婦二人便索性主力栽培她在這方面的發展，並準備送她到法國學習時裝。父親甚至隨意收購了一家設計公司，好等女兒畢業後能以勝利者的姿態入行。

母親插嘴說：「我們想你去看看是否適應，你喜歡的話隨時可以過去。」

父親又說：「我們也會陪你在那邊生活的，你的母親也很喜歡法國。」

「那裏的甜品你一定會喜歡。」母親笑說，她倆的口味一向很搭。

「不過要是你不喜歡，我也可以為你安排在這邊唸書。」女孩意想不到，父母的計劃居然會如此周詳。

女孩點點頭，沒有多說話。留不留學對她來說毫不重要，只要能和家人在一起就好了。最近她做了一個奇怪的夢。她夢見自己叫天不應、叫地不聞，抬頭一看才發現自己身在孤兒院。直至她被嚇醒過後，看見房間內的全家福才放心下來。

在這個故事的最後，么蛾子終於也蛻變成蝴蝶。

在萬事屋內，龐克女孩終於醒來。她粗魯的揉揉眼睛，揉暈了黑色的眼影也毫不在意。她好不客氣地打了個呵欠，邊伸懶腰邊問：「怎樣？你看到我的父母了嗎？」

「嗯。」我不可以向她透露太多，只能默默點頭。

她的臉上掀起了無比燦爛的笑容：「他們是怎樣的人？對我好嗎？我們現在過得好嗎？」

好，好得不得了。你已經不再是車房學徒，也不再是刺青師的畫布，而是在法國留學的千金小姐了。

我瞄瞄瑟縮在角落的夢露，牠好像睡著了。

我悄悄地向她豎起拇指，然後用力搥搥自己的胸口。

她用手掩著嘴角，卻難掩興奮之情。這個模樣倒像個二十歲的女孩。

我開腔催促她：「快走吧。」我想她盡快忘掉那些慘不忍睹的回憶，過些她原來應有的生活。我還不忘叮囑她：「以後別走丟了。」

她吐吐舌頭，舌環又叮一聲的碰到了皓齒：「知道了。」

碰過這麼多的當事人，聽過那麼多遺憾，很少會使我著著實實的心疼。

龐克女孩就是其中一個。

嚴格來說，我的年紀也可以勉強當上她的父親了。只是她的生父，比我能幹多了。要是他知道她在這個世界吃了那麼多苦，心情會是怎樣的難過？

也許萬事屋最大的賣點，就是能使人忘記。

龐克女孩興奮地跳下高腳椅，我又再次看到她一雙佈滿刺青和疤痕的腿。

刺青對她而言也是另一種疤痕。

我故意嘲弄她：「以後無論碰上甚麼難關你都不用怕，因為再糟的都遇過了。」

她戚起嘴角，玩味的向我表示不屑：「去你的。」

「喂，問你一個問題。」我一邊沖洗她用過的杯，一邊說。

她在門前回過頭來。

我也轉過身，向她說：「有沒有一個刺青是你想留下的？」

「呃……」她舉手抬腳，草草閱覽身體上的圖冊。最後她靠近牆上的鏡子，別過半邊臉凝望自己的後肩，饒有意味的笑說：「這個火羽毛，原來還挺酷的。」

「你——」我話音未畢，她半條腿已經踏出了萬事屋。

叮嚀嚀嚀。

既然已經變成了蝴蝶，就別再撲向火焰那麼傻了。

第八晚 ◆ 塗口紅的貴婦太太 ◆

第八個晚上
塗口紅的貴婦太太

滴瀝、滴瀝。

夢露在鉼盤折騰了好久，不知道在弄些甚麼。我把門牌翻去「營業中」的一面，順道走去看看。

「哎，又壞了。」我不禁抱怨，萬事屋年紀也不輕了，東西接二連三的壞。

這次是水龍頭失靈了，接駁位置不停溢出水來，旁邊的貓在舔個不停，連手腳沾濕了也不在意。我馬上把牠抱起來，想要幫牠拭乾濕潤的灰白混色毛。

「操，好重。」我按捺不住罵道：「早就說你吃得太好，哪有貓會吃得比主人還多？」這隻摺耳貓和政府官員一樣有個特技，會用眼神來說髒話。

叮嚀嚀嚀。

「歡迎光臨，這裏是遺憾萬事屋。」長年累月，一聽見風鈴聲反射意識就會說出對白：「來修正遺憾嗎？」

話畢我才驚覺自己還在抱著一隻濕搭搭的貓，狀況好不狼狽。

「不好意思。」我自覺失儀，連忙把夢露丟到一旁，向站在門前的客人致歉。

我抬起頭來才看見這個當事人，她是個接近四十歲的女人，上了淡妝的皮膚還保養得不錯，在臉上也找不著一絲皺紋，看來她在這張臉下了不少苦功。她戴著一頂黑色闊邊帽，身穿黑色修身連身長裙，盡顯傲人的曲線。黑色為主的打扮，使她兩瓣鮮紅色的朱唇尤其突出。

「遺憾。」貴婦重複著這個單詞：「當然了，我特意前來就是為了修正遺憾。」

氣勢好強的一個女人。我暗自驚歎。

「謝謝光臨。請你順道把門上的掛牌翻轉。」我指著懸掛在木門上的牌子。

她伸出一雙戴了皮革手套的手，「營業中」頃刻變成「休息」，象徵我的晚上開始了。

不待我招呼，她逕自坐到高腳椅上，蹺起二郎腿來。

身為店主的我自覺要奪回主導，搶先開腔：「這是契約。在開始之前，請先仔細閱讀。」説罷，我拿出一張未曾打過印的契約。

貴婦雙手拿起了契約，在對面的我好像還隱約嗅到簇新的皮革氣味。

「沒問題的話，請在上面蓋印。」我把墨盒拿出來，她的閱讀被我打斷，稍露不悅，可是她掩蓋得相當好，半刻就回復一個客套的樣子。

閱讀完畢後，她主動詢問：「真的非蓋印不可？」她戴著手套的雙手互扣，放在契約書上。

我擠出一個尷尬的笑容：「不好意思，這是規矩。」

她又不慎洩漏出一絲不悅，然後再次被妝容蓋過：「不要緊。」說罷，她除下手套，萬般不情願地沾上墨水。我貼心地拿出手帕，到還在滲水的水龍頭拈了點水遞給她。

也對，弄污素手上的纖纖十指叫人太看不過眼。

「這種天氣，戴手套的人並不多吧。」我試著調侃她。

她看看放在桌面上的一雙皮革手套，說：「其實不太舒服，但我每天都要戴。」

我不解，繼而追問。她向我解釋：「這樣可以保持雙手的嫩滑，尤其在外老是要碰到別的東西。」她擺出一張厭惡的臉：「要是不慎弄損留疤的話就要命了。」

　　這樣的話，讓她沾上墨水實在太委屈了。

　　貴婦見我一臉狐疑，解說道：「你們也許不懂，女人最值錢的地方就是身體。」

「我的意思是，漂亮的女人。」她不忘補充。

　　說罷她接過手帕，輕輕地拭去鮮紅色的墨水。

「聽你剛才說的話，似是有備而來。」我仍然記起她充滿氣場的開場白。

　　她淺淺一笑，用手帕輕掩嘴角：「見笑了。」

「請問你的遺憾是？」我吃力地從水龍頭斟出一壺水，好等我可以沏茶。

　　貴婦沒有馬上回答，只盯住契約看。

　　片刻，她把上半身都靠到吧檯上面。她早已戴回手套，食指指尖微微一曲，示意我靠近她。

我習慣和當事人保持一定的距離，吧檯的作用也是這樣。正當我在思索之際，她又再靠近一點，整個人幾乎要爬上吧檯。我只好按她說的，把臉湊近。

兩瓣朱唇靠到我的耳朵旁邊，似是吹氣般的輕聲呼出一句話：「你能保守秘密嗎？」

她的舉動使我面紅耳赤，我竭力保持冷靜：「可、可以。這是修正師要守的規條之一。」

「如果，是犯罪呢？」

滴瀝，滴瀝。水滴又擅自從水龍頭口逃出來。

我們沒有說話，一動也不動。她的唇仍在我耳邊徘徊。

滴瀝。

我扳直身子，以一個無法相信的眼神直視眼前這張臉龐。

她的舌尖在雙唇之間晃悠，像是想要告訴我些甚麼。貴婦笑了，不慎展出燦爛的笑容。

「雖然不清楚你在說甚麼，」我打破維持了好一段時間的寧靜：「這裏原則上不受法律規管，修正師也不會去告發當事人甚麼的。」

「修正師……」她終於也肯安分的坐在椅子，再次蹺起雙腿：「真帥呢。」然後又有意無意地拋我一個媚眼。

我盡可能不想和她有太多的交涉，但我還得緊守崗位完成她的願望。

無論是好人壞人、窮人富人、前人後人，每一個人都擁有這個權利。

自盤古開天以來，修正遺憾的服務已經存在。只是隨著時代的進步，萬事屋的設備還是會與事並進，好等同活在這個時代的修正師和當事人不會適應不來。

貴婦在撥弄自己一頭及肩的曲髮，烏黑而亮麗。她把一撮頭髮繞到耳朵後面：「只要給你日子和選項就可以了吧？」

我點點頭，想要看穿這張面孔背後藏著有多不道德的秘密。

她把日子告訴我後，繼續補充：「在去撿風箏的路上，我想要我旁邊的那個人多採一點馬纓丹，要採很多，很多。」

我不明白她說的話，半句也聽不懂。

「我本人則依照原本的打算，不用再作修改。」她在自說自話般的低喃：「自我有記憶以來，那是最接近成功的一次。」

我本想再追問下去，但是她的氣場不容我再靠近半分。

她捧起茶杯，尾指微微翹起，活像個在酒店陽台享受英式下午茶的貴婦。

2002 年 9 月 30 日　下午 5 時 51 分　大帽山

【此段回憶未經修改】

日落西山，夕陽的半張臉躲在水平線下。一紙風箏被秋意吹上青天。

咔——

「風箏被樹枝勾住了。」一個女童說道。這個女童約莫五、六歲，母親仔細地給她梳了兩條孖辮。

這個女童，有點眼熟。

「風箏不飛了嗎？」女童又說，仰頭望著身旁的女人，輕喊：「媽媽。」

那個女人是貴婦，而女童，我也終於記起她是誰。

「我們去把它撿回來，好嗎？」貴婦蹲下來向女童提議。

貴婦向不遠處的男人呼喊：「我們去撿風箏啊。」男人回過頭來，溫柔地囑附：「快點回來啊，天都要黑了。」他們正打算離開，連轎車都準備好了。

她回男人一彎淺笑。男人還是放不下心，又說：「不如讓管家去吧。」聽見這話，身旁一個穿著正裝的男性向前踏出一步待命。

貴婦笑說：「女兒陪我就可以了，對嗎？」女童點點頭，牽著貴婦的手出發。

「即使不是夏天，媽媽的手也很溫暖。」女童邊走邊向貴婦說，笑容好比炙熱的夕陽。

貴婦和女童走著泥路到後山，沿途碰見了不少花卉。

「媽媽，這是甚麼花？」女童被腳旁的一株植物吸引住，蹲了下來。

這次是個好機會，再失敗的話就沒有機會了。

貴婦心在不焉，沒理會女童。

「媽媽？」

到她再長大，她開始能說出我們的全名，甚至住處。到時候就不好辦……

「媽媽！」

貴婦被女童的呼喊聲喚回現實，她連忙擺出一副假惺惺的樣子：「爸爸在等我們了，我們快點去把風箏撿回來，好嗎？」

乖巧的女童不願爸爸呆等，拔腿就跑向深山的一株大樹下面。

貴婦目睹女童正一步一步實現自己的計劃，她自己則一步一步向後退。

這裏離我們放風箏的地方已經有一段距離，這個五歲且有學習障礙的孩子不會記得路回去的。待會我要裝出一副慌張的樣子去找丈夫，最好還要哭著的對他們説，女兒剛才嚷著要走另一邊路。這樣他們就不會來到這邊搜尋了。

還好，這個孩子平日也不會大呼大喊。

天也快黑了，怎會找到呢？

貴婦的雙唇掀起一個打從心底的微笑，這次的笑容終於不是裝出來。

在靜得可怕的山頭，身後一把男聲使貴婦的面容一下子變得僵硬，心跳也漏了幾拍。

「我見你們久久未回來，有點擔心便前來看看。」她沒有忘記，當初嫁給他正是因為他的體貼。

「女兒呢？」男人見女兒不在貴婦的身旁便問道，平日她最喜歡黏著媽媽。

貴婦一下子反應不來，到底要不要趁今次就拉丈夫走？抑或待下一個機會？可是上次在遊樂場已經錯過了，下次更待何時？

她的內心在打架，此時男人向前走了幾步，踮起腳尖已經看到女兒的身影。他直接在貴婦旁邊走過，往女兒的方向三步併作兩步的跑過去。

一家三口沿路走回轎車停泊的位置，男人左手抱著玩得相當盡興的女童，右手牽著貴婦纖瘦的手。

這時候已經入黑，走著走著，女兒累得睡在爸爸寬敞的肩膀。

「老婆，我在想一件事。」男人看著漸漸冒起的繁星說：「我想要為你和女兒聘請個私人助理。」

「助理？」貴婦不解，結婚後她已經不用費心去理會任何事情了，何談助理？

男人繼續說：「你就當是保鑣吧。我怕我不在你們身邊的時候會遇到甚麼危險，我在公司也放不下心。我已經不能再失去……」

貴婦沒再把男人說的話聽進去，一下子不能接受策劃已久的大計崩塌下來。

我跌坐在椅上，思緒未能平伏過來。

她想要旁邊的人多採一點馬纓丹。還要很多，很多。

這個，就是她這生人最大的遺憾嗎？

毀掉女兒的一生就是她最大的願望？這個女人是魔鬼嗎？

不，更壞的人也會維護朋比作奸的同黨。連親生骨肉都想要害，她比魔鬼更可怕。

修正師守則第一條：必須依照當事人的要求完成修正。

我反覆咀嚼這句規條，貴婦把選項説得那麼清晰，清晰得不容我找出一處灰色地帶。

閉上眼睛，腦海就不禁浮現那個從階梯走下來的龐克女孩。淡橘色的裙擺很飄逸，她也生活得很安逸。

一睜開眼，回到萬事屋，又會想起那個渾身刺青的她。

明明是我親手把她救出來了，怎麼又要我親手把她趕回去那麼殘忍。

她好不容易才熬過來的，好不容易。

夢露看出了我的躊躇，在我面前踢踢鉗子。

我是修正師，貴婦是我現在的當事人。

修正師守則第二條：修正師需絕對服從當事人的意願，不得被個人感情影響修正過程的公正。

我深深吸了一口氣，把一切不忿都用力呼出來。

我不是煙民，可是這刻我好想抽煙。

2002年9月30日　傍晚6時03分　大帽山

【已編輯】

後山的一段路泥土肥沃，在深秋仍然百花齊放，只是忙著抬頭看天看山的途人從未注意到。

「媽媽，這是甚麼花？」留意到這一點的女童蹲了下來，想要伸手去摸摸這朵馬纓丹。

這個被她喚作媽媽的人正在心煩，沒閒暇在沒人的地方去應酬她。

女童見母親沒有回應，她以為自己說得太輕聲了。不像其他小孩，她不習慣大呼小叫。她略略把音量提高：「媽媽？」

貴婦仍然沒有看過她一眼，只顧望著遠方。

「媽媽！」她再喊一遍。

貴婦方回過神來，換上一張和藹的臉：「怎麼了？」

女童再把剛才的問題問一遍：「這是甚麼花？」

現在就是機會。貴婦突然冒出一個想法，這次該不會失敗了。

她也蹲下來，在女童旁邊佯作觀察花朵：「這個嘛，媽媽也不清楚啊。要不我們多採幾朵帶回家，明天老師來的時候問一下？」

女童笑了，天真爛漫得叫人融化。

「看，」貴婦指著叢林那邊：「那邊好像還有很多。」

手執一朵馬纓丹的女童不虞有詐，一蹦一跳的直往叢林奔跑。

一個五歲的孩子，又怎會懂得爾虞我詐這些成年人玩意。而且媽媽的話，自然要聽。

我透過載體再一次窺探龐克女孩的背影。

她跑跑跳跳，活像一隻翩翩起舞的蝴蝶，不顧一切的撲向叢林。

這一幕，我難過得快要窒息。我伸出手想要拉住她，卻發現我只抓住了空氣。

我的視線在她的回憶，現實的我還身處萬事屋，無能為力。

記緊要飛得遠點，聽到了嗎？

斷線的風箏流落山頭，沒人去撿。

我沒留意時鐘，不知過了多久，熟睡的她終於有了動靜。

我有太多問題要問她，儘管一切已經於事無補。

「可以給我一個解釋嗎？」我站在吧檯後面，竭力壓制自己的情緒：「不是必要，只是我認為你有需要這樣做。」

睡眼惺忪的貴婦搖搖頭，嘗試減輕頭暈的副作用，沒有回答我。

「畢竟我是幫兇。」我盡量保持對當事人應有的態度。

「不是説這裏不受法律規管嗎……」剛醒過來的貴婦又再把身體靠

在吧檯，向我靠近：「而且，修正師也不忍心告發我的。」她用指尖在我鼻上輕輕一划。

我把怒氣透過用力搖頭宣洩出來，而她也感受到了。

「怎麼了？」她噘起嘴，撒嬌般的說。

我已經不能再直視她，只好望著地下道：「血濃於水，你一點感覺也沒有？」

我想起了眼鏡女生，她會變成像貴婦一樣的女人嗎？不會，她不會的。要是這樣的話，我就該勸她別把孩子生出來活受罪。

不過，大叔看人很準的。

「真惹笑，她根本不是我的女兒。」

我立即把視線重新移到她身上，臉上的五官精緻得惹人討厭。

「你在說甚麼？」我質問她。

她毫不在意我的態度：「你說，她長得像我嗎？」

我嘗試在腦海倒帶，回放到龐克女孩來的一晚。可是只能憶起她每一吋吃過苦頭的肌膚。

貴婦逕自回答：「才怪，她長得像極了她的生母。」

生母？

「看到就討厭。」她擺出一張嫌惡的臉:「還好，以後都看不著了。」

龐克女孩的父親是商業大亨，在飛黃騰達前結識了女孩的生母。生意漸上軌道，正當他以為人生就這樣一帆風順之時，妻子在誕下女兒的時候難產了。父親為了給女孩一個完整的家，娶了青梅竹馬的貴婦作為女孩的母親。

女孩自懂事起，只知道自己有一個很能幹的爸爸，和一個很溫柔的媽媽。

貴婦愛的只是丈夫，他卻留戀逝去的妻子。

貴婦深愛著他。曾經，她的確愛過他。直至她意識到，他不可能再愛別的人。

女孩生下來就奪走了她的丈夫，長大後還會瓜分他的家產。

「我為了這家人耗盡芳華，到頭來卻沒愛到了甚麼，也沒得到了甚麼。」她失神了，對著靜默的空氣傻笑。

「不是的。」我答道。

她為我的搭話感到意外，回過神來。

「她很愛你。」我說：「女孩她很愛你，即使你拋棄了她。」

「只有她消失了，我才能和丈夫擁有屬於我們的孩子。」她想起了和女孩相處的片段，卻毫不動容。

貴婦膝下無子，原因是丈夫不想分薄對女孩的愛。

「身體或許是你的本錢，但孩子絕對不是你奪走家財的工具。」

「我不像其他女人愛他的錢，我愛的是他。」

「你不愛他，愛的話你就不會傷害他。」

「那他為甚麼要傷害我？」她冷笑一聲，直盯著我看：「修正師都不吃人間煙火的嗎？這麼離地的想法我倒是第一次聽人宣諸於口。」

她聽到丈夫每天晚上都會對著亡妻的照片說晚安，還留意到丈夫看女孩的眼神，活像看著亡妻一樣。若他可以選擇，枕邊的位置從來也不會屬於自己。

「說到底，他從來沒愛過我。」貴婦呆望地上的某點，自說自話。

貴婦沒興趣和我繼續對峙，得知修改完成後便馬上準備離開。

「她是無辜的，」龐克女孩在我的腦海揮之不去：「這些都是你們成年人的瓜葛。」

貴婦已經在門前轉過身，她也沒打算多看我一眼：「她也害死了自己的母親，不是嗎？」

命運總是會愚弄人類，就像我們喜歡把積木仔細砌成高塔，然後隨心所欲的把它推倒。積木不能說話，人類的話天神也不會傾聽。

叮嚀嚀嚀。

別忘記，我們都是積木而已。終有一天，都會被命運無情的卸下。

她走了。修正師對俗氣的香水敏感，徵狀包括暈眩和呼吸困難。

我們不是法官，沒權利去批評當事人的對與錯。在當事人的決定下，我們與一個「執行」鍵無異。正正因此，我們要學懂像機器一樣無情。

當事人在離開萬事屋後，再也記不起修正前的一生。不論是改善了的人生，還是變得更糟的以後，都只有修正師幫他們記著。要是我也忘記了的話，這些記憶就真正的消失了。

況且，貴婦也有她的苦衷。在她的角度而言，女孩一家人或許真的欠她太多。只是她在原諒和報復之間選擇了後者。一念之差，結果可是雲泥之別。

丈夫負了貴婦，而貴婦也欠了女孩。最後丈夫飽受喪妻喪女之痛，貴婦在仇恨之中活下去，而一無所知的女孩，反而可能是最幸運的一個。

來到這裏的人，沒有一個是不可憐的。

大叔最後還是沒能把路鋪平呢，對不起。蝴蝶還是么蛾都不重要，只管用力拍翼，無論如何也不要停下。好嗎？

當上了修正師的這些年來，我學到的不多。除了學會如何照顧貓隻，還有一個詞彙，叫「認命」。

第九晚◆吃糖果的混血兒◆

第九個晚上
吃糖果的混血兒

木門上的小窗戶濛成一片，浙瀝浙瀝。

更兼細雨，到黃昏，點點滴滴。到了深夜，終於下起滂沱大雨。

窗戶是我連接世界的眼睛，儘管它只有一呎長和闊。聽著聲音，我能感覺到下雨、刮風。看著光線我也能感受到陽光的熱情。

噢，抱歉。我錯了。

修正師守則第三條：修正師不應對任何事或人產生感覺。

我不應感覺到一切事物的，天氣也沒被豁免。

叮嚀嚀嚀。

霍地一聲，木門被粗魯地打開了。我還沒轉過頭，但我猜測來的人可能是個剛強的小伙子，又或者是怒火中燒的大漢。

「不好意思……」她說的是日語，還好我聽得懂一點。聽見外語的一剎我只懂點點頭，一下子反應不來。

「實在太大雨了，一心想要快點躲進來……」她這才把門關上，向我深深地鞠了一個躬：「失禮了。」

「不要緊。」我翻轉了腦海用作存放知識的抽屜，榨取僅有而匱乏的日語知識：「那個……麻煩把牌子翻轉，拜託了。」

她先是一呆，了解過後恭敬的點點頭。

「您的日語很不錯啊。」她坐到高腳椅，把手提包放在自己的膝上。

她是個約三十歲的女生，大概是日系打扮使她看上去比較年輕。日本女生一頭及肩的中短髮，酒紅色畫家帽下的棕色髮尾微微內翹，是典型的梨花頭。她看起來有點害羞，或許只是因為腮上兩暈緋紅。

我被她稱讚得不好意思，嘲笑自己在能力試驗只是剛好及格。

「已經很了不起呢，」她擺擺手，笑得相當甜美：「我覺得粵語更難學。」

「喔？」我被嚇倒了：「所以你可以說粵語嗎？」

她用力的點頭，用著我們的語言說：「我是混血兒。」

「哇，好厲害。」她說粵語的時候，腔調仍然夾雜日本語的溫婉。雖然完全不知道有甚麼好厲害的，我只是想要奉承她一下。

她害羞地向我道謝，說：「我的……」說到一半，她突然停下來，臉上閃過一瞬痛苦的神色：「失禮一下。」說罷，她從膝上的手提包中掏出一顆糖果，像吃藥般把它啪進喉嚨。

「不好意思，我忘記了吃飯所以又出現低血糖。」她把手提包的拉鏈拉好。

我著她不用感到抱歉，在小店放輕鬆就好了。雖然我們不收費，但凡坐到對面的都是客人。

「剛才說到哪呢？對了，我的父親是本地人，母親則是日本人，所以我就──」她解釋著自己是如何來到這個世界。

「──就是混血兒了。」我把她的話接下去，她被我逗笑了。

她的誕生聽起來也是個浪漫的愛情故事。我喜歡聆聽各個客人不同的故事，為的只是摘取一些溫情的橋段來充當我空白的過去。

雖說是混血兒，她的打扮卻完全不像香港女生。粗毛線的白色針織衫配上杏色麻質長裙，加上一雙棕色靴子，活像一個從森林走出來的女孩。唯一與這身打扮不搭的，就是她頸上那一條項鏈。項鏈是鐵造的，吊墜是一個十角星，中間長著一隻逼真的眼睛，看上去既使人不安又格格不入。不過女生的潮流，我是永遠讀不懂的。

我看著時鐘，驚覺這個開場白好像有點太長：「你知道我們這裏是修正遺憾的嗎？」

「是的。」她恭順地點頭，雙手交疊放在膝上。

我拿出契約書，放到我和她的中間。「這是契約書，沒問題的話請在上面蓋印。」

長而濃密的睫毛差不多完全蓋過了她的小眼睛，一個疑問在腦中浮現。

「介意我問你一個問題嗎？」我托著腮，倚在吧檯上。

她把視線從契約移開，朝我點點頭：「是的，請問是？」

「你在上課時老師會以為你在打瞌睡嗎？」

日本女生得體地用雙手掩口，我慶幸她沒覺得被冒犯。

她一本正經地回答：「不會啊，因為我在高校是個品學兼優的學生，而且還是風紀呢！」

聽見她說高校這個詞語，我就知道她在日本唸過書。難怪舉手投足都散發著日本女生的氣息。

她把契約看完以後，小心翼翼的把指頭摁在紙上。風紀謹慎地確保指印沒有穿過橫線。

我在心底覺得她可笑又可愛。她特意站起來，雙手把契約書遞到我面前，低下頭說：「拜託了。」

或許是這個民族的本性，她令我感受到她的真誠。修正師不像律師、醫師和教師，我們寂寂無名。修正師為當事人修正遺憾，可是他們在新的世界將不會記得我們。

在世人的腦海中，我們存在的期限只得一個晚上。

「需要我再向你解說一次嗎？慎防你沒有看懂。」我沒有把契約書拿走，讓它留在桌面：「在開始之前，當事人都可以無條件地離開。」

她搖搖頭，笑說：「離開？不會，我已經等了很久。」

我對她的話感到相當疑惑：「等？你的意思是你早就知道有萬事屋的存在？」

原則上，每個人一輩子只能來到萬事屋一次去修改遺憾，而他們離開萬事屋後將不會記得在這裏發生的一切。所以她說的「期待已久」基本上不可能發生。

日本女生連忙擺手，説我誤會了：「我當然不可能知道這種事情啦。只是我從很多年前開始就向上天祈求，能夠有一個機會讓我重新作出抉擇。」

「這大概是很多人的夢想吧。」我回想起見過的客人，很多人在來到之前都是懷著同樣的心情。因此當他們真的找到萬事屋，感覺就像天神終於回應他們的禱告。

事實上，我們與坊間一切宗教都無關。

「我一直以為這只是我的幻想，怎料你真的確確實實的出現在我面前，和我談話了。」她以仰望偶像般的眼神看著我，害我好不尷尬。

我連忙澄清：「其實我和你們一樣，只是打工的。」

「不過這份工作，我勸你們最好別羨慕。」我不忘補充，曾經有很多客人聽見都紛紛説想要入行。

她回答説：「可以每天就這樣上班下班，簡簡單單的生活不好嗎？」

有那麼的一下子我覺得她在揶揄我，可是她的語氣和神情都清純得使人無法懷疑。

「可以請問你的工作是……」我想知道她何出此言。

她把頭微微傾斜，蹙道：「這個有點難解釋，抱歉。」

「不要緊。」我明白每人都有難言之隱，尤其是來到這裏的當事人。我嘗試把對話扳回正題：「請你告訴我你想要修改的選項和當日日期，然後我們就可以開始。」

她深呼吸，屏息以待這個神聖的時刻。

「在我十歲生日當天，請幫我自殺。」她說的時候，笑容甜美得可怕。

「拜託你了。」

我慶幸水龍頭還未修好，滴滴瀝瀝的水滴聲能緩和環境的死寂。

「可以請你再說一遍嗎？」這陣子太忙了，我總感覺自己不在狀態。

她保持笑容，堅定的對我說：「請你幫我自殺吧。」

我沒聽錯。她想要我殺掉她，儘管是間接。

我連忙拿起契約書，想要擺出一副老闆的樣子卻緊張得吞吞吐吐：「不好意思，這裏說……生死有命……不能死而復生，也不……」

她截停了我的說話：「不能有意圖地殺害他人，是嗎？」

既然她知道了，為何又要明知故犯？

她胸有成竹的說：「那個人可是我本人。」

我不同意，因而反駁她：「只要包含殺害的成分，我也無法為你進行修正。」

她拿出更有力的理據：「你有聽過別人說『殺害自己』或『殺害本人』嗎？最多聽見的都是『殺害自己的父親』等等，因此我可以推論出契約書上使用『殺害』這個字的時候，並沒考慮到『自殺』的可能性。」她說的時候，嘴巴毫不顫抖。

我覺得她說得頗具說服力，可是我必須要執著這個漏洞去說服她，不然就再沒有可以阻止她的理由。

她的氣場比我強，我只好據理力爭：「設立規條的原因是生死有命，你命不該絕的話誰也不可以刻意了結你的生命。」

女生微微一笑，又問：「生死有命，你又怎知道我想要死這個行為，不是我的『命』？」

我靜默了，一下子無言以對。

「命」是甚麼？我常掛在嘴邊的「生死有命」，有的又是甚麼「命」？

眼鏡女生想要殺害自己的孩子，這是她蓄意想要殺害孩子。萬事屋拒絕為她執行修正是因為她的修正牽涉到另一個人的生命。可是日本女生只是想要了結自己的生命。她沒有「殺害」誰，因為當中沒有「害」的成分。

此時，夢露跳到吧檯之上，向我明確的點頭。

在吧檯之上，夢露對日本女生的修改請求給予綠燈，代表她的修正個案被萬事屋接納認可。

換言之，打工的我必須履行職責，執行修正師守則第一條：**必須依照當事人的要求完成修正。**

「我想要知道為甚麼。」我注視著眼前一張臉，想要看透背後的原因。這女生老是在笑，難道笑不是因為過得快樂嗎？

她不好意思的笑說：「其實沒甚麼原因的，哈哈。難道說，我是第一個想要自殺的人嗎？」

說得沒錯。

「真的嗎？好厲害。」她的確是這樣說。我想這兩句短語只是她的口頭禪，她該不會因為成為這裏第一個要求自殺的人而自覺很厲害吧。

「如果我說，當事人提供相關資訊會有助修正師進行修改的話，」我鍥而不捨的追問：「會說服到你嗎？」

她擺出一副苦惱的樣子，佯作考慮：「這樣嘛……好吧。」

「既然你是如此容易被我說服到，或許我可以嘗試勸說你修改別的選項？」我剛開口問，夢露已經跳到我的旁邊，不停抓地板企圖引起我的注意。

「你不一定要回答，只是想和你聊聊天。」我忙不迭補充。這是故意說給夢露聽的，以免觸犯擾人的修正師守則。

說罷，我指著身後的水煲，示意有好一陣子才能開始。

她猶豫片刻，反問我：「這個世界，悲慘的人多嗎？」

「多，多的是。」雖然不知道她用意為何，我還是如實回答她。

「包括來這裏的人？」她稍為想了一會，又再問道。

我以肯定的語氣回答：「只有被遺憾折磨得夠絕望的人才會找到萬事屋的入口。」

見她沒有回應，我再三說服她：「既然他們也沒想過要死，或許除了死亡還有另外的選項。」

她靜默片刻，答說：「對於他們，或許是這樣的。可是我除了死已經別無他選了。」

我想再說點甚麼的時候，又被她截了話：「要是大叔你是我的話，也會選擇早就自殺的。」

我並不相信自己會有自殺的一天，可是我沒有反駁她。在這刻，我只是想起了一個當事人。

我再次追問：「你真的，不想告訴我箇中因由？或許我會替你想到更好的出路。」

日本女生對我的提議毫不動容。她再次擺出誠懇的樣子，十指緊扣：「我考慮了十多年，已經想得非常、非常清楚了。」

此時，在旁一一看在眼內的夢露再次踢向鉗子，向我表達不滿。

我想要拿起工具，卻無法動手。在這個時候我瞄到那張蓋好印的契約，紙上的墨水還未風乾。我偶爾會在想，契約的意義到底在於哪裏？在自由意志下，人的行為真的可以被一紙契約約束？最後我找到了答案。能夠影響到人的不是筆墨，而是無形的合約精神。確信對方會守信，是一種對該人的承認和肯定。

萬事屋在開業以來都有著契約書的存在，原因是避免在灰色地帶上的爭執，在當事人發難之時也保障了修正師。除此之外，當事人一蓋上指紋，代表他們已經選擇執行這個權利。修改遺憾的權利一生人只有一次，彌足珍貴。

所以，要是我現在多番阻止她的話，除了違反守則還剝奪了她全權決定自己命運的權利。

最後我沒能說服到她，反而把自己說服了。

她雙手接過我泡的熱茶，以日文向我道謝。

「嗯！是抹茶！」她一呷就嘗到了。

我不禁讚歎：「不愧是在日本長大的孩子。」

「日本的抹茶才不是這樣。」她的目光落在我身後的茶包盒。

我不確定自己有否到過日本，便詢問她是怎樣的不同。

她細心地向我解說箇中竅門。他們會用茶筅攪拌，使茶的表面形成沫餑，也就是我們眼見的泡沫。說的時候，她還在空氣中比劃，向我展示如何使用茶筅。

我恍然大悟，可是這裏又不是傳統茶館，只是一家日久失修的萬事屋。

我故意向她說：「要是能喝到你親手泡的抹茶就好了。」

她把砂糖加到笑容之中，用茶筅仔細拌勻：「下輩子吧。」

別人說下輩子我會覺得是笑話，由她說出口的瞬間卻變成了約定。

日本女生捧著熱茶的手袖太長，蓋過了手背。雖然我的抹茶並不傳統，她仍然喝光了。她把茶杯放下，一臉滿足地說：「謝謝款待！」

我也回她一個微笑。還未來得及說上一句話，她就靜靜合上眼，伏在吧檯上一動也不動。

我看到一個在吧檯上睡覺的女孩。

1995年5月29日　中午12時31分　鎌倉市

【此段回憶未經修改】

我看到一個在書桌上睡覺的女孩。

這是穿著小學校服的她，把頭埋在雙臂之中沉睡。窗外的噪音偶爾傳入耳中，她會把臉別到另一邊，不消一秒又回復靜謐。她十歲時的睡相，和現在三十二歲的她一模一樣。

空蕩蕩的課室只有她一人。我從窗外遠眺，只見幾十個戴著黃色帽子的小學生在嬉笑追逐。

這裏是日本，她長大的地方。

日本的五月正值暑天，太陽在正午曬得暴烈，卻絲毫無減孩子玩樂的雅興。汗流浹背的孩子沾濕了校服，淺藍色的上衣變得深一處淺一處。他們揮手拭去額上的汗珠，灑落花圃。大概每個校園的花園，都是由孩子樂極忘形的汗水灌溉而成。

這個女生習慣在午休睡覺，由小學至中學如是。她長大的地方不是甚麼繁榮的都市，而是一個新興的小市鎮。學校設備也沒城市的先進，他們沒有空調，每個課室只有一把掛在天花板的風扇。這把吱吱作響、佈滿灰塵的大風扇，在孩子們無法觸及的地方陪伴了他們度過多少個夏天。

日本女生的座位靠窗，正午的時候太陽把她曬得正著。雖然課室只有一人，敬業樂業的風扇仍然竭力為她服務，不敢漏轉半圈。她被陽光烘得默默流汗，轉眼間涼風又把汗水吹乾。在午睡時，她偶爾會做一些有關游泳，或沙漠的夢。

驟眼一看，除了她在兒時比較安靜以外也沒甚麼異樣。雖然平平無奇地度過了生日，可是這樣絕不足以令她決定自殺。

而且，她還說過她已經考慮了十多年。

我決定再看看她生日當天的晚上，因為到現在我仍然不相信她的一句話。

「要是大叔你是我的話，也會選擇早就自殺的。」

在十歲的孩子身上，能夠發生些甚麼事？

1995年5月29日　下午3時04分　鎌倉市

【此段回憶未經修改】

放學的時候，空氣已經沒正午那麼熾熱。她在離開課室時不忘關上風扇，背上紅色的硬皮背包離開校園。桃花盛開的季節剛過，沒好好打掃的操場還遺下少許從樹上飄落的粉紅色花瓣。取而代之的是一種紫色的花蕾，看情況還要好一陣子才會開花結果。

不知道那是甚麼花呢。女孩在樹下駐足，心中暗想。

「紫陽花，很快就會開了。」旁邊有人搭話，讀懂了她的心。

女孩先是一愣，然後就把他認出來了：「佑介君。」

他是女孩的同班同學，在班上很受同學和老師歡迎。女孩雖然不擅交際，但開朗健談的佑介也和她聊過幾次天。

和女孩一樣高的佑介笑起來充滿稚氣：「我們一起走回家吧。」

「好的。」女孩說著，在路上她問道：「你怎麼知道那是紫陽花？」

佑介無懼陽光，抬起頭仰天說：「植物百科有提到的。」

「所以你也知道紫陽花長甚麼樣子？」女孩不確定自己有否聽過這個花卉的名字，好像有點印象又說不出更多細節。

他回答說：「只是在書上見過，但插圖未必可以作準。」

「不愧是佑介君。」女孩覺得他就是本會走路和踢足球的百科書。她說話的腔調總是平淡，聲音也很小，就連稱讚別人也是一樣。

「你不快樂嗎？」佑介挑挑眉，坦率地問：「你說話的時候讓人感覺你不快樂。」

女孩一邊走，一邊嘗試找出自己現在的情緒：「應該不是，只是我習慣了這樣說話。」

「啊，習慣嗎？」佑介恍然大悟，發覺自己好像是個習慣了感到快樂的孩子。他們走到水壩附近，佑介忽發其想，拉著她的手向前奔跑，在石欄前停下來。

佑介提議道：「我們大叫吧。」

「大叫？」女孩大惑不解，她不明白這樣做的意義何在。

佑介點頭，說：「大叫，像這樣。」他深呼吸一口氣，向著杳無人煙的水和牆破喉大喊。女孩一下子被嚇倒，連忙用一雙小手掩住耳朵。

他沒理會她的反應，反倒不斷鼓勵她：「來吧，試試看！」

女孩眉頭緊皺，相當猶豫。佑介深深地呼吸，用眼神著女孩跟著他做。

她用力把空氣納進體內，再依著佑介所做的，把空氣和聲音一併呼喊出來。

「這樣不好玩。」佑介覺得女孩的聲音太小，說：「試想像，你要和對面岸的人說話。」

女孩聽從了他的建議，一邊幻想有人站在彼岸一邊再次深呼吸：「您——好——」

雖然已經比她平時說話大聲得多，但佑介還是覺得不夠。說罷，他二話不說就繞到旁邊的橋，跑到對岸。他用力向女孩揮手，大喊：「試著和我說話吧！」

女孩不知如何是好，只好出盡全力擴張喉嚨：「佑——介——君——」

佑介終於聽到這個同學大聲說話，感覺和她平時談話太不一樣。他感到很新奇，回應對岸的她：「是——的——！」

女孩這輩子也沒試過這樣大喊，因為家裏總是教她女孩子說話要溫柔有禮。她從未試過喊破喉嚨的感覺，好像抑鬱的心情都一下子被分貝溶解了。

他們在水壩的盡頭再次會合，繼續路程。女孩從未試過如此盡興，她看著自己的一雙鞋子說：「今天和佑介君玩得很高興，謝謝你。」她又回復原來的聲線。

他笑說：「我也是，這個給你。」不經不覺他們已經走到要分別的路口，佑介除下手上的一條草製手繩，把它遞給女孩。

女孩把手繩接過來，用雙手捧著。聽說佑介的家經營手作飾物店，這條簡約帶點粗糙的手繩一直在他手腕上。

「我真的可以收下嗎？」女孩覺得它很好看，但她不想奪走佑介君喜歡的東西。

「是的。」他說：「祝你生日快樂。」

女孩很驚訝他竟然會記得自己的生日。她沒有追問，只是衷心地回他一句謝謝。

翻著口袋的女孩想要拿出點甚麼來。她打開掌心，手上有一顆糖果。

「我也想給佑介君一點東西，請把它收下。」這時，她已經把手繩戴上了。

雖然不是貴重的禮物，佑介君還是笑得十分開懷地接過了。

「那麼，明天學校見。」佑介在路口向她揮手。

女孩雙手交疊放在身前，說：「是的，回家路上小心。」

目送佑介的背影遠去，女孩才開始起行。

回家的路兩旁都是水稻田，夕陽溫柔地灑落水面，閃爍的星光瞬間落在水中。走著走著，女生在路上停了下來。

她又從小口袋掏出另一顆糖果。糖紙包裹的是傳統手鞠糖，她把那紅白相間的球狀放進口腔，甜味溢出了嘴角。從海邊吹來的風還帶有海水味，走過稻田的時候長稻紛紛向她鞠躬。一個不留神，女孩手中的糖紙被吹到了水稻田中，在波光粼粼的水面飄浮。

她只好把背包放在路上，摺起了手袖，脫掉鞋和襪子走進水中。腳趾尖碰到水的一刻，冰冷使她連忙把腿縮回來。眼見糖紙飄游得越來越遠，她只好再次走入水中。這次她一下子跳進稻田，水位剛到她的大腿。校服裙沾濕了，但她沒有多理。

一個女孩赤著腳丫子，在水光瀲灩的田間跌跌撞撞。

這個五月，雲朵涼快極了。

當她回到家的時候，天色已經不像下午般光亮。

「我回來了。」女孩在玄關脫下皮鞋，腳上還散發著草的氣味。

一個年約三十的女子梳著髮髻，也戴上了一條十角星項鏈。她焦急地走到女孩面前說：「害我擔心半天，怎麼今天那麼晚？」

女孩一時無言以對，不知道應否告訴母親。

母親沒待她答話，又繼續說：「哎唷，還弄得那麼髒。快去洗澡然後換件衣服，你的父親快要來了。」說罷，母親急步走向客間。

女孩從走廊窺看，只見母親在客間設置了一個祭壇。她走到廚房，桌面已經擺滿十碟豐盛的菜餚。

我知道了，因為今天是我的生日。女孩心想。

不像其他同學的父親，我的父親不和我們一起住，聽說他非常忙。以前父親從來未跟我過過生日，事實上這十年來我只見過父親兩三遍。

我問過媽媽，父親是個怎樣的人？

媽媽總會露出甜美的笑容，說他是個十分、十分了不起的人。我追問，有多了不起？他能打怪獸嗎？我在卡通看過厲害的人會打敗怪獸，然後拯救村裏的所有人。

媽媽笑了，搖頭說：「他拯救了地球所有人。」

晚上九時，女孩已經換上了母親為今天特意準備的衣裳。女孩穿著白色紗裙，在祭壇中間跪坐，等待父親的到來。

「除了父親，我們今晚還會有客人。」母親把做好的菜餚從廚房捧出來，放到祭壇的兩旁。

女孩問：「客人？」她覺得很奇怪，家裏從未試過有客人。

母親擺放好菜餚後，坐到女孩的身邊。她替女孩梳理頭髮，把兩朵五瓣花插在她的耳後。她輕撫女孩的頭，說：「今天是個大日子。」

女孩不明白，以往的生日母親只會買蛋糕慶祝。可是今年沒有蛋糕，只有祭壇和客人。

還有父親。

門外傳來引擎聲，母親連忙走到玄關預先把門開好。女孩也從祭壇竄出來，在趟門後偷看。

有四個男人走了進來，她認得其中一人是父親。他站在眾人的中間，威風凜凜。其餘穿著正裝的三人有老有少，都在他身後緊緊跟隨。女孩馬上留意到，三個客人和父親一樣，都戴上了一樣的十角星項鏈。唯獨父親的星星特別大，當中的眼睛也特別閃亮。

母親見到父親的一刻，忙不迭雙膝跪地，頭和雙手都貼在地上，喃喃自語般說著：「亞對索斯！亞對索斯！」

三位客人聽見母親說的話，也不約而同地輕聲回答：「亞對索。」

唯獨沒有說話的一人是父親，他彎下腰，把手伸向母親讓她起來。

母親不敢直視他，只得低下頭。父親輕聲問道：「一切都準備好了？」

「是的！」母親恭敬的說：「就在客間準備就緒，恭候各位。」

「知道了，」父親離開了玄關，又在走廊停下了來：「她有問過發生甚麼事嗎？」

女孩知道父親說的是自己，她連忙嚇得後退兩步。

母親依舊低下頭：「沒有，我只告訴孩子今天是她的大日子。」

父親點點頭，以微笑作認同：「的確。」

轉眼間，父母和客人進入席間。女孩早已回到祭壇的中間，在紅色的座墊上安靜的跪坐著。

「親愛的女兒。」儘管父親多年沒見女孩，他還是親暱地喊她。

女孩呆在原地，不知該如何反應。她只好目瞪口呆地望住父親，喊一聲：「爸爸。」

此話一出，父親身後的客人和母親都表現出吃驚的神情。母親連忙跑到女孩身邊，著她擺出剛剛母親看到父親時的姿勢。

女孩跪在地上，母親按住她，讓她沒法把頭抬起。母親在她耳畔說：「你絕不能這樣叫祂。」

說罷，母親在她身邊也一同跪地悲嚎：「實在非常對不起，教主大人！請你赦免我們的罪。」

他把我喚作女兒，可是我卻不可以叫他爸爸。

好奇怪。她心想。

被喚作教主的父親雙手合十，然後按住胸前的十角星鏈墜，閉上眼睛說：「我聽到了感召，九位神靈在這個盛大的日子選擇寬恕了無知的孩子。亞對索。」

話音剛落，身後的客人馬上同聲高喊「亞對索」，跪在地上的母親感激流涕，呼喊：「亞對索斯。」

教主見女孩緊抿嘴唇，便對她說：「孩子，你也和我們一同頌讚神明的偉大吧。」

女孩不知道此話何解，只盲目地跟從母親，輕聲道出人生第一句亞對索斯。

客人和教主安坐席間，女孩仍在祭壇正中，母親則在旁邊跪坐。

教主開腔，對女孩說：「孩子，今天是你的十歲生日。在這個神聖的時刻，我必須要告訴你有關十神教的一切。」

老師沒有在課上教過這個詞語，所以女孩聽不明白。教主開始向她解說十神教，顧名思義是信奉十位神明的宗教。旁邊的男人向女孩逐一簡介九位神明在史事上的豐功偉蹟，除了女孩，眾人都聽得痴迷，不時高呼亞對索。

「第十個神明呢？」女孩像平日上課一樣認真聽講。

教主微笑，輕撫她的髮絲：「孩子，祂就在你面前。」說罷，三位客人和母親紛紛向教主跪拜，不斷呼喊亞對索。

另一位客人插話：「教主是十神之中唯一願意下凡拯救蒼生的神，沒有教主我們國家早在三十年前已經陸沉！」

「感謝，感謝教主高貴的奉獻。亞對索！」旁邊的男人又說。

第三位客人對女孩說：「小孩子，你體內能流著神聖的血，相當有福氣。」

「尤其是今天，一個神聖的日子。」男人說：「教主需要靈氣來補充能量，否則就會無法留在人間。透過儀式，教主可以從中獲取能量，信徒亦得到祝福。」

「而眾生當中，正值十歲的靈氣最為純淨。」

一名客人垂頭喪氣地說：「可惜我不是女性！我也很希望可以為教主提供能量。」

教主聞言，拍拍他的肩膀：「奉獻司，你為我在世界各地傳道，招攬適合的信徒為我提供能量，功不可沒。」

被稱作奉獻司的男人連忙跪下，捉住教主的手：「亞對索！我必定會為教主採集更多的能量泉源。能夠為教主效力，我實在感到非常光榮。」

接著，奉獻司主持著一個儀式的進行，誦經後又灑玫瑰花，少不免不時高呼亞對索。

說罷，教主從盒中拿出一條十角星項鏈，親手架在她的頸上。

眾人口中的儀式過後，女孩在睡房偷聽到母親和教主在走廊說話。

「你為十神教獻出我們的女兒，我很欣慰。現在她正值能量最純淨的時期，我感受到能量正在我體內醞釀，這種感覺從未如此強烈。」教主捉著母親的手，誠懇地說。

母親聽後感到百般撫慰，連連呼喊亞對索斯。

「當我再次受到諸神感召，我必定會向祂們提及你這位優秀的信徒。」教主說出這句話後，母親淚如泉湧，跪坐地上無法站起來。

「我已經過了能量最強大的年歲，未知我還能否為教主繼續效力？」母親低聲央求。

教主點頭，對她說：「我感受到你的能量仍然十分強大，想必是因為你時時刻刻心存信念，效忠我教。我樂意接受你提供的能量。」

不久之後，母親為女孩多添了一個妹妹。自她十歲生日以後，父親來家的次數越來越頻繁。

母親對女孩說，因為父親在世界各地幫助很多瀕死的人重拾新生，虛耗了很多能量。

「我們能夠為教主大人提供能量，是無上的光榮。待妹妹長大後，我們就可以為十神教奉獻更多了。」母親輕撫女孩的臉頰，虔誠地對她說。

「亞對索斯。」

1995年6月10日　下午6時02分　鎌倉市

【此段回憶未經修改】

日落西山的校園空無一人，唯獨在操場的拱形滑梯底下有個瑟縮的身影。

「怎麼你還在這裏？」佑介幫老師處理班務過後正想離開，途經操場時發現蹲在一角的女孩。

女孩見到佑介，先是一愣：「……沒有，只是在坐坐。」

佑介見狀，二話不說便伏在地上，不顧襯衣沾了多少泥濘，慢慢爬進滑梯底。

女孩頓時覺得底下這裏擠逼起來，她和佑介的雙臂無可避免地疊在一起。女孩抱腿而坐，他則把雙腿伸到滑梯外，簇新的漆皮皮鞋剛被磨花了一角。

「你最近不快樂。」佑介直截了當的說。

佑介說穿了，但她不想承認：「不是，只是我沒有大呼小叫而已。」

她想起了當天在水壩和佑介敞開喉嚨大喊，痛快極了。

只是她再也笑不出來。

「不是這樣的。」他的語氣肯定得仿似能讀心：「可以和我說嗎？」

這時，佑介發現到女孩的手腕上還戴著他送的手繩。

女孩默不作聲，他不想令她感到不自在：「沒關係的。我媽媽說，不是每種悲傷都要宣諸於口。」

女孩不是不想說，只是不知道該如何啟齒。

「有些憂傷是留給自己來承受的。」

「佑介君，」女孩沒有直視他：「你相信神嗎？」

「我不知道，但我知道有些人會相信祂的存在。」佑介回答。

「祂？不是祂們？」女孩追問。

「不同國家的人會信奉不同的神，當然有些宗教在世界各地都有信徒。」這些都是佑介在書上看到的。

女孩思索片刻，又問：「既然不是唯一，那祂們都是假的嗎？」她只從父母口中聽過十神教，從不知道還有其他類似的神存在。

「不一定。」佑介說：「可能祂們都不存在，又或者祂們都存在。說不準的。」

「事實上，令我困擾的正是其中一位神。」女孩不知道該如何說起，只好言簡意賅。

佑介不想故意去侵犯別人的私穩，沒有多問。他說：「雖然不知道是哪個神令你憂心，可是以我所知的神都是好人，祂們為人類帶來幸福而非憂慮。」

這樣嗎？女孩望著夕陽，思緒和它一起在西邊沉了下去。

「謝謝你，佑介君。我要回去了。」女孩聽後彷彿明白了甚麼，拔腿就直奔回家。

被留在滑梯底下的佑介還在發呆，望著遠處的大樹喃喃自語：「我還想告訴你，下星期紫陽花就要開了。」

可是那天黃昏過後，佑介再沒見過女孩。聽班主任説，女孩在翌日就退學了。沒有交代原因，也沒有留下去向。

佑介手執一個載滿手鞠糖的玻璃樽，站在開滿紫陽花的樹下，等待那個座位的主人再次回來。

2003年6月15日　下午5時41分　鎌倉市

【此段回憶未經修改】

上空架著縱橫交錯的懸掛電纜，劃破了夏日明媚的天色。女孩長高了不少，她走在大街上，提著大包小包。她正猶豫，要不要再去逛逛，還是直接回家。

還是回去吧。女孩一瞥手中的膠袋，往電車站的方向走。

「請問……」有人在背後呼喚，女孩停了下來。

「果真是你啊。」眼前一個眉清目秀的男生興高采烈地道。

女孩一眼就把他認出來，正如他看到背影就知道是她。

「很久沒聯絡了，」女孩雙手放前，微微點頭：「八木同學。」

熟悉的面孔卻演練著陌生的寒暄，佑介怔了半晌才反應過來：「說得對呢。您，這幾年過得好嗎？」

女孩嫣然一笑，回答：「過得不錯，謝謝慰問。」

闊別八年，昔日的小女孩已經長得亭亭玉立，薄施脂粉更顯嫵媚。只是她已經不像十歲時般親切地喊他佑介君。

佑介提問：「您……考上哪所大學了？」他倆同年，今年春季應該開始上大學。

「我會到香港唸書。」女孩回答。

佑介沒有想過這個答案，他還以為她會一直留在日本。正如小學的他也以為她會一直留在 4 年 1 組。

女孩見他沒有說話，又再開腔：「八木同學呢？」

「我在東大上學。只是今個星期媽媽生日，故意蹺課回來一趟。」

事實上，佑介在三個月前已經到了東京安頓下來，昨晚才剛坐電鐵回到這裏。

女孩淺淺一笑，說：「那真是巧合，我在明天就要走了。」

頭上又飄過一片雲朵，不偏不倚的在他倆的上空凝結。

要是命運把航道編歪半公分的話，我們就不能遇見了。

佑介在心中暗想。

「這樣啊……」佑介想不出另一種回應。其實他說啥都不重要，反正今天過後他們也不會再見。

思前想後，他實在厭倦了敬語：「你有地方要去嗎？」

女孩還是恭敬地回答：「我正打算回家。」

「那好吧，和你去個地方。」不待女孩答應，佑介搶過了她手上的袋子，逕自往前走。女孩無可奈何，只得跟著他走。

他們離開了架有高空電纜的區域，到了一個人跡罕至的地方。

最後，女孩在一個鳥居前停了下來。

「怎麼了？」已經穿過鳥居的佑介回頭問道。

女孩在距離鳥居有一百米的地方，面有難色地向他呼喊：「我不可以去這種地方的。」

佑介正想追問，突然想起女孩在退學的前一天，曾經問過他神是否存在的問題。

「冒犯了，十分抱歉。」佑介向遠方的她深深鞠躬。他把她帶來神社只是想要給她求一個御守，保佑她一路順風。

女孩擺擺手，說：「不要緊，別擔心。在這個程度還是沒問題的。」

「是這樣嗎，」佑介走到她的身邊，說：「我可以問一個問題嗎？」

女孩望著他，待他說下去：「請說。」

佑介把這個藏在心底八年的疑問宣諸於口：「當年你不再上學，與我們在滑梯底下說的話有關嗎？」

這樣一說，勾起了埋在女孩腦海深處的絲線。

1995年6月10日　下午6時47分　鎌倉市

【此段回憶未經修改】

當天她聽完佑介說的話，回到家中和母親說，她覺得爸爸不是神。

母親又驚又怒，連忙質問她為甚麼會有這種想法。

女孩直說不諱：「佑介說神會令人感到安心，而不是為人帶來悲傷的。」

「難道你說，教主令你感到悲傷？」母親不能相信女兒竟然說出這樣的話。

「我討厭那種儀式，討厭來的客人，討厭爸爸。」女孩把藏在心底的說話一併說出來：「這一切都令我覺得十分困──」

母親不待女兒說完，直拍桌子。

「胡說八道，他們太愚昧了。」母親捉著她的肩膀，直視她的眼睛說：「這種說話，你連想也不要想。」

女兒不忿。佑介是全班第一名，他說的話絕對不會錯。

「快點梳洗，然後去抄寫十神經。」母親別個臉，說：「你的心靈需要純淨，教主大人晚點就會來。」

母親留下女兒一人在放滿經書的書房，她已經數不清在這裏度過了多少個晚上。

抄經、誦經、進行儀式。周而復始。

直至她能夠不痛不癢地高呼亞對索斯。

「你……沒事嗎？」佑介的聲音把他拉回現實。

她回過神來，才發現自己不在書房，他說的不是亞對索，身旁的人也不是教主。

「抱歉，失禮了。」女孩靦腆的說。

佑介見時候已經不早，便提議送女孩到車站。

他們走過了幾條林蔭小徑，樹上仍是一片靛藍的花蕾，就像八年前一樣。

「我們最後，還是看不到紫陽花開呢。」佑介慨嘆，他抬起頭，雙手插在褲袋。

　　女孩拿著一包二包的日用品，也隨他一同仰望：「不知道香港有沒有這種花呢？」

　　佑介答道：「有，只是他們稱它作繡球花。」

　　多年沒見，佑介還是一樣博學。

　　走到漸漸多人的地方，他們已經回到市區了。途經一家傳統糖果店，佑介不加思索的衝進去。女孩提著不少東西，佑介便著她在外面等。

　　佑介出來過後，拐個彎就是車站。他倆停在站前，醞釀道別的情緒。

「那──」女孩剛吐出一個字，便被佑介截停了：「這個給你。」

　　他打開手掌，是一包金平糖。

「我還以為，你會送我手鞠糖。」女孩笑說。

佑介很高興她還記得曾經送過手鞠糖給自己。他還記起了八年前，那個擺在窗邊整整一個夏天的糖果罐。最後被媽媽丟了還未能送到她手上。

「紫陽花開花的時候，就像這個樣子。」他指著一顆顆紫藍色的金平糖。

「這個和你在書上看的一樣嗎？」女孩嘲笑他。

佑介失笑一聲，說：「差不多。但聽說香港的空氣不好，說不定紫陽花也會沒那麼茂盛。」

「雖然沒甚麼驚喜，」女孩一放手，袋子像開花般散落地上。她從背包掏出了一顆裹著糖紙的糖果：「但我還是送你手鞠糖。」

「謝謝你。」佑介接過，把一袋金平糖交給女孩，裏面大概有好幾十顆：「想起我的時候，就吃一顆吧。」

女孩莞爾而笑，仔細地打量包裝：「恐怕不會夠。」

佑介捉住了女孩的手，對她說：「我們還會再見嗎？」

她苦笑一下，委婉地向他道出一句不可能。

十神教的大忌，正是戀愛和婚姻。除了教主以外，信徒誰都不能愛。一旦愛上了別人，體內的能量就不再純淨。

她的頸上還掛著十角星項鏈，中間的眼睛彷彿就在監視她。

而且，女孩深知自己注定永遠不能得到幸福。

2001年4月1日　凌晨2時31分　鎌倉市

【此段回憶未經修改】

恢復意識過後，她只記得在體育課跑步時跌倒了。

聰慧的女孩才不會像電視劇中的女主角問這個白茫茫一片、滿佈病床的地方是哪。很明顯她正身處醫院。

巡邏的護士見她醒了，把醫生喚了過來。

那一天，醫生給她帶來了兩個消息。

「你有孩子了。」

她反應不來，這時候的她只有十六歲。

「可是孩子沒了。」

這個愚人節，上天和她開了一個玩笑。

這樣，其實也不賴。女孩心想。至少不用處理甚麼，也不會影響甚麼。一切如常，甚麼事情也沒發生。

「不過你年紀太輕，這次意外過後不可能再懷上孩子。」

女孩明白，這個世界上沒那麼多幸運兒。

況且，要是我真的有了孩子，那我該如何向他解釋這一切？爸爸是你的爺爺，不過這些稱呼都不重要，因為你只能喊他教主大人。女孩失笑自己隨口亂謅的笑話，可笑在於連自己也無法相信。

如果你是個男孩的話，我不希望這個世上還有多一個教主大人。如果你是女孩的話，我更不希望世上有多一個我。

女孩閉上眼睛，想像一個有著自己的五官，卻和佑介一樣聰明的兒子。只是，她這輩子也不能當上母親。

她笑了。

佑介會連同我的一份，去找尋幸福吧。

想到這裏，女孩滿足的躺在病榻上，在白色恐怖中沉溺，安穩且快樂。

「抱歉，我真的得走了。」女孩甩開佑介的手，拿好行裝便走入車站。

佑介在她背後大喊：「真的……不可以再見面嗎？」

女孩停在原地，不敢回過頭。她背對著他，重拾站在水壩前的聲線大喊：「佑介君！請你務必好好保重！」

電車靠站，女孩笨拙的踏入車廂。直至電車開走，尾燈在地平線熄滅的一刻，他才緩緩道出一句：「我會把你的微笑，好好保存在裝滿手鞠糖的玻璃瓶內。」

在火車上遠去的女孩緊緊握著金平糖，輕聲說：「你要過著雙倍幸福的生活，因為我把我的份兒用糖紙包裝好，交給你了。」

這年初夏，至少他們隔著塑料袋看過一遍紫陽花。

夢露往我的雙臂使勁一踩，我方記起要從鎌倉車站前抽離。

我不禁伸了一個懶腰，腰骨疫得不得了，歲月果真不饒人。

抬頭一看，我才發現原來我已經在載體外看了整整兩個多小時，難怪腿都發麻。

對了，我要幫她自殺。這晚的工作是要殺死一個十歲的女孩子。

我一直以為宗教都是導人向善，讓對現實束手無策的人們有個心靈寄託，亦教懂人們知足常樂。聽說去聚會還會有餅乾和蛋糕吃。

怎料到在地球的某個角落，宗教也有另一種定義。

早前亦提及過，萬事屋與一切宗教無關，所以我不知道這個世上「神」到底存不存在。

不過，要是世上有神的話，為甚麼祂不救救胖子先生？也不救救背包客？來這個萬事屋的人，都等著祢來救。為甚麼祢能容忍有人以祢之名，令那麼多人受苦？

我說了那麼多，祂一句也沒回應。

沒關係，祢先記著。待我們見面的時候再談。

日本女生伏在吧檯上睡覺，把頭栽到中間。和她十歲的時候沒兩樣。

我不明白，她現在為甚麼不自殺。既然考慮多時，為何遲遲不行動？

或許是沒勇氣吧。又或者她正苦惱該用哪種方法。所以，她選擇了把這個沉重的決定交給萍水相逢的大叔。倒真考起我了。

當上修正師之後，我才發現其實自己愚昧得可怕。當你知道得越多，方驚覺自己知道得越少。這句說話對極了。

我以為所有宗教都會拯救蒼生，怎料有人卻以其名令人深陷苦海。我也以為修正師是幫助世人，結果我令胖子丟了一條腿、逼眼鏡女生去走一條崎嶇的路、害死了背包客、把程式員的心血毀於一旦、把順德婆婆留在討厭她的媳婦身邊、奪走了大學生的幸福、龐克女孩生死未卜、貴婦報仇後卻繼續活在仇恨之中。

在今天晚上，我還要多殺一個人。好極了。

我沒資格去批評十神教，因為我比他們一夥人作了更多的惡。容我收回剛才問神的問題，像我這種人應該去和撒旦見面才對。

夢露踢踢我的手臂，示意我要快點動手。我找到了十歲當天的絲線，右手拿穩了剪刀。

卻遲遲下不了手。

閉上眼睛，心臟跳得很快。周圍很安靜，我聽到了自己的心跳。

還有，對面這個女生的心跳。

她，真的好奇怪。奇怪在她居然能夠從容面對死亡，奇怪在我對這個陌生人竟然產生一種莫名的熟悉。有那麼的一刻，我好像見到她的身影和我沒能救上的刺青女孩重疊了。她們兩人的遺憾大不相同，只是下場卻是相差無幾。

我深深呼吸一口氣，好讓自己冷靜下來。

要是我所做的事都沒有令當事人的生活變好，那麼修正師的存在有意義嗎？

我的工作使人們放棄過去的回憶，怎料卻換來更崎嶇的未來。

修正師和萬事屋，到底又應否存在？

「夢露，」我脱下了放大濾鏡，直瞪牠的一雙大眼睛：「對不起。」

不待牠反應過來，我隨即拿起了剪刀，不帶一刻猶豫剪斷了絲線。

我看著事件環一個又一個的瓦解，右手卻傳來一陣劇痛。

夢露用牠鋭利的爪，在我手背留下了三道傷口。

在那對澄黃色的波子中，我看到牠前所未有的憤怒。牠豎起尾巴，用眼神警告我別亂來。

我用自己的衣服草草擦乾血跡，朝牠微微一笑：「放心，我知道自己在做甚麼。」

説罷，我沒有再理會牠，埋頭工作。一段時間過後，牠知道我所做的事情已經無法挽回。一腔熱淚早已救熄了牠眼中的怒火。可憐兮兮的貓從吧檯跳下地面，在我腳邊依偎。

眼前的工作不容許我把眼睛移開，我一邊在編織絲線一邊對牠説：「你還是傷心的時候最乖。」

聽後，牠用尾巴裹著自己，像隻小狗般嗅著我的衣物。

我忍俊不禁，這些年來我們在這間小屋寸步不離，我們的氣味還有可能有分別嗎？真傻。

修正師守則第一條：必須依照當事人的要求完成修正。

1995年5月29日　晚上9時52分　鎌倉市

【已編輯】

當教主和奉獻司進行誦經時，女孩忽發其想，一下子吹熄了照亮房間的洋燭，趁慌亂之時逃出家中。

她想去找佑介，可是她一時記不起他的家在哪。

不要緊，你們上個月的對話我在一分鐘前才剛聽過。他說過，他住在天橋右邊的那棟房子，就在區內圖書館的對面。

女孩靠著街燈和我給的指引，拚了命的奔跑。

修正師守則第二條：修正師需絕對服從當事人的意願，不得

被個人感情影響修正過程的公正。

1995年5月29日　晚上10時31分　鎌倉市

【已編輯】

她不時回頭張望，確保身後沒有人追上來。

慌亂的女孩只管拚命往前奔。可是在我控制下的女孩卻很聰明，她故意拐小路，而幾個穿著正裝的男人一直向前跑，沒有一個人能看見她。

她找到了佑介的家，是一棟三層高的小洋房。女孩用力拍門，直至門後傳來急促的腳步聲。

一個年約五十多，熨了頭髮的女士看到大汗淋漓的女孩不禁皺起眉頭，連忙讓她進屋。

「八木參議員您好，這麼晚打擾您真對不起。」女孩恭敬地說：「我是佑介君的同學，我剛從家裏逃跑出來。」

她目無表情地說著我設計好的對白：「請您，救救我。」

修正師守則第三條：修正師不應對任何事或人產生感覺。

1995年5月31日　早上10時正　鎌倉市

【新增的回憶】

參議會資深成員八木正美召開記者會，揭發跨國組織十神教在日本及世界各地的惡行，聯同黨員敦促警察廳採取行動，拘捕十神教教主以及所有相關成員。八木參議員的長子八木真也亦以記者的身份廣泛報導十神教的新聞，除了成功引起社會關注外，輿論亦對市政廳構成壓力，即日宣佈成立專案小組偵查十神教，承諾公眾將會竭盡所能盡快破案。

修正師守則第六條：在當事人沒有違反契約的情況下，修正師不能干預當事人自由選擇遺憾或修正選項的權利。

1995年6月10日　早上11時10分　鎌倉市

【新增的回憶】

十神教教主被警方正式拘留調查，專責人員在其基地搜獲多達二千多名教徒的資料，當中女性佔九成。教徒年齡介乎十至六十歲不等，來自四十三個不同的國家。當中逾三十名信徒相信與十神教教主有血緣關係。十神教教主被拘捕時，高舉雙手大喊亞對索。

專責人員正在調查這句說話的含義，相信與其信仰有關。

揭發事件的 X 女童現年十歲，其父為正被盤查的十神教教主，其母是一名信徒，職業報稱家庭主婦，亦正接受盤問。X 女童的去向亦掀起激烈討論，在多番爭議下終由八木參議員將女童由庇護院接到家中。

修正師守則第十條：在任何情況下，修正師僅能為當事人修改一個選項。

2003 年 4 月 1 日　上午 11 時 43 分　東京

【新增的回憶】

在多名受害信徒舉證下，十神教教主被判罪成。組織亦隨之瓦解。

同年，女孩與八木佑介在高中畢業後一同考上東京大學。

窗邊開始滲出白光。我終於完成了。

我不是一個稱職的修正師，因為我根本沒有為她修正，而是幫她譜寫了一個新的人生。

這樣，她的一生應該不可能出錯了。

她在將來也會遇上困難的，比如說成績不好、工作不順利或者和朋友鬧翻等等。

可是，這些趣味就讓她享受好了。

不哭一下，怎算得上是活著。

額上的汗珠滴落檯面，暈出了一朵花。

等等。

2017年6月20日　下午5時10分　香港

【新增的回憶】

六月下旬，正午的太陽剛沉澱，按捺不住在地平線上散發光芒。

佑介望著橙色的一片天，像目睹了甚麼新奇的事：「原來香港的黃昏是這樣的。」

女孩嘲諷他：「書本沒告訴你嗎？」

「我沒讀書很久了，你不知道嗎？」説罷，佑介一手把她擁入懷中：「因為我發覺和你去發掘這個世界的一切，比較寫實。」

女孩粲然一笑，抬頭一看：「你看，香港的繡球花和日本的也差不遠吧。」

佑介凝視著眼前這張臉龐，今天的她和十歲的她一樣差不遠。

「我想用這個盒子好好收藏你的笑容。」説罷，他從口袋掏出一個戒指盒。此舉完全出乎女孩所料，佑介單膝跪下，把戒指盒打開。

女孩在樹下笑得很吵，聲音比在水壩當天還要大。

佑介一本正經的，把一枚戒指糖套到她的中指上。

她把右手握成拳頭，一邊吮著草莓味的糖果一邊説話。雖然聽得不太清楚，但佑介已經當她答應了。因為她也想不出一個不答應的理由。

「佑介，」女孩輕喊：「我有事情告訴你。」

他從後抱著她，把頭放到她的肩膀上：「嗯？」

「有紗她在冬天要來了。」

「誰？」男生霎時間想不起聯絡冊上有這個名字：「哪個有紗？」

女孩低下頭，捉著佑介的手低聲說：「八木有紗。」

佑介以一副不能相信的模樣看著她。

他不敢想像擁有雙倍的她會有多幸福。

「有紗……是個好名字呢。」佑介還未從過度的快樂之中抽離。

女孩回答說：「因為我在想，要是紫陽花（あじさ）樹上住了神的話，一定會保佑這個叫有紗（ありさ）的孩子。」

語畢，一片紫色的花瓣飄下，不偏不歪落到女孩的鼻上。

嗯啊，好香。她深深吸了一口自由的空氣，好香。

她揉揉眼睛。雨停了，十歲的女孩也不再哭了。

「早安。」她淺淺一笑，小眼睛惺忪得睜不開。

我抹掉額上最後一滴汗，輕聲說：「早安。」

「你幫我自殺了嗎？」她不痛不癢的問，在這刻也毫不後悔。

我點點頭，說：「對。」

「當你踏出門口就會自然死去，就像昏倒一樣，不會痛的。」

「啊，是這樣嗎？」她笑說：「好期待呢！」

這個女生，奇怪得迷人。

「為甚麼要我來幫你？在這個世界的你沒勇氣自殺嗎？」心中的疑慮終於可以說出來。

她搖頭：「因為我不可以自己了結生命，由你來經手的話就可算是他殺了。」

說罷，我留意到她頸上的那條項鏈。

「十神教，不允許你這樣做嗎？」我小心翼翼的問。

她有點不好意思地回答：「你全都看到了？」

「大部分。」我又撒了一個謊。在載體之中，所有當事人都比不穿衣服更赤裸。

她點點頭，承認我的說法：「相傳自殺的教徒要得到教主的批准，且要進行特別的儀式才能在死後覲見在天上的九神。」女孩流利地答道，想也不用想。

「我還以為你想以自殺來宣洩對十神教的不滿，結果你連尋死要遵守規條。」我實在猜不透她的心思。

她答：「因為這是我父母賴以為生的信仰。我犯了規條，死了的我當然不用多想。可是在生的他們會為此感到很痛苦。儘管我不相信這個宗教，我也要尊重信奉這個教的父母。」

所以，她逃來香港後也沒脫下這條項鏈。

「你不怕死嗎？」我拿起濕布，輕拭剛動過大手術的載體。

女孩伸伸懶腰，瞇起一雙小眼睛：「嗯，不怕啊。」

「難道說，」我對她的答案感到詫異：「這輩子沒有值得你留戀的東西？」

「有啊，」她不假思索的回答，答案肯定得不需要猶豫：「有緣的話，在下輩子不也還是會遇見嗎？」

我失笑她的幼稚，作為成年人的我早已不相信前世今生。

我嘲弄她：「你能記起上輩子的事嗎？」

她報以苦笑，只好搖搖頭。

只顧和女孩說話，我忽略了躲在一角的夢露。

得快點。我的時間已經剩下不多了。

「你的修正已經完成了。」我示意女孩可以離開。她興高采烈的跳下椅子，又從手提包拿出了一顆糖果。

「大叔，給你的。」她把糖果遞給我，說：「辛苦你了。」

這的確是我做過最困難的一次修正。不過，有你來為我的修正師生涯作結，太幸福了。

修正師守則第五十九條：不得收受當事人餽贈的禮物。

「那我就收下了。」我接過了糖果，直接放到口袋中。

我暗自竊喜，至少我得到了和佑介一樣的待遇。

風聲嘯嘯，像是又要下一場大雨。

「快走吧。」我嘴裏在催促她，吧檯下的雙手卻握成拳頭。

再不走，我就不捨得了。

女孩在門前停下，回過頭說：「那麼，我先走了。」

「呃，保重。」我故作瀟灑的向她揮手。

她臨離開前，深深地向我九十度鞠躬。

「慢著！」我連忙喊停了她。

她馬上回過頭來，一臉疑惑：「是的。」

我低下頭，周遭靜得能聽見自己的心跳聲。

「我可以知道你的名字嗎？」

修正師守則第九十三條：修正師不得知道客人的名字。

「杏子。」她莞爾而笑，好比盛開的紫陽花：「杏桃的杏，孩子的子。」

「大叔呢？」她反問我。

苦澀溢出了嘴角，我笑說：「抱歉，我記不起。」

她沒有多問，只是笑著點頭。

每人都有難言之隱，沒有誰比她更明白。

我滿足地點點頭，不停在心中默唸這個名字。

杏子？

等等……

把這個名字說出口的瞬間，我突然感到暈暈沉沉。眼前的影像似是化在水中的顏料，隨著漩渦扭曲得抽象。

「大叔！你沒事嗎？」

我想要靠在吧檯休息，右手不慎碰到了放在桌面的載體。那是屬於她的載體，突然我不再頭暈眼昏，而是眼前一黑。

我怎麼會來到了……神社？

而且我像墮進時空的裂縫一樣，四周不再是極富壓逼感的摩天大廈，取而代之的是舊式街道。遠處可見兩旁只有平房，相當古色古香。我隨著人群走，他們都進入了寺內，只有我不受控制的向右拐。

人潮走過了一棵大榕樹，樹下站了一個穿著白色闊衫，紅色緋袴的女生。

想必是在這座神社工作的巫女。

潛意識讓我向右拐，偏離了人群的航道。我被控制走到她面前，不由自主的開口說：「不好意思，請問在哪可以求到御守？」

御守？我為甚麼要求御守？我從來不相信這回事。

正在樹下乘涼的巫女回過頭來，我頓時吃了一驚。這個她換上一襲黑色長髮仍然好看。

巫女有禮的回答：「請來這邊。」句子帶著濃厚的九州口音。

説罷，這個她把我領到了神社的另一方。

「您想求一個怎樣的御守？」巫女和我調侃。走路時，裙擺蕩漾得很好看，每一個起伏都觸動著我的思緒，猶如勾上無形的絲線。

我的意識又回答：「甚麼也要，我想要得到神的庇蔭。」

她掩著嘴巴偷笑，説：「神可不會幫助貪心的世人啊。」

我被嘲笑得面紅耳赤，同時在暗罵這個我怎會説出這種蠢話。

「您試過參拜了嗎？要不我帶路到主殿看一下？」巫女提議道，一雙小眼睛散發出無窮的魔力，叫人不能拒絕。

我隨著她走，驟眼看到正殿門前一塊木牌寫上了今天的日期：「大正十五年三月十日」

「對了，」巫女又説：「初次見面，我是久保田杏子。」

「大叔！」

她的聲音把我喚回現實，不帶一點九州腔。我還在萬事屋，丟臉地平躺地上。夢露正在旁邊舔我的臉頰，她則蹲在我的身旁，不再穿著巫女服飾。

杏子憂心忡忡的問：「你真的沒事嗎？嚇壞我了！」

我用力地撐起身子，拍拍衣服上的灰塵。和她道別，得帥氣一點。

「後會有期了，杏子。」我擠出最好看的笑容，向她揮手。

你說得對，這個世上的確有前世今生。

我記得當天在神社許了一個怎樣的願了。

看來我在上輩子，是個虔誠極了的信眾。所以祂讓我在這輩子，再次遇上你。

修正師守則第三條（附例）：修正師不應對任何事或人產生感覺（尤其是當事人）。

在萬事屋當修正師，我丟失了這一輩子的回憶。偏偏，我只記得在上輩子愛過的你。

也許一世還是不夠，所以在今生還要繼續。

杏子以為我說的後會有期只是不經意，不知道這是個提示。她回我一個微笑，緩緩把門關上，準備迎接她的重生。

我們，還有機會相見的。

叮嚀嚀嚀。

風鈴聲過後，萬事屋回復了一片死寂。

靜點比較好。在這最後的時間，讓我和夢露兩人靜靜的度過就好了。

「怎麼了？」我坐在地上，背靠吧檯。牠跳入我的懷中。

「你在生氣嗎？」我撫摸牠毛茸茸的後背。

牠沒有回答我。

「你會明白我的，對嗎？」一雙摺耳豎了起來，我知道牠在聽。

可牠甚麼也沒說，只是默默凝望著我右手手背上的三道傷痕。

稍為結了點焦，可是周邊還在滲血。我粗魯地把它擦在衣服上。

牠走到我的身旁，伸出小舌頭在舔我的傷口。我強忍傷口接觸唾液的刺痛，畢竟這是牠和我最後的送別。

不消一會兒，刺痛消失了。我拿起手一看，傷口竟然消失得無影無蹤。

「早就知道你不捨得。」我把牠抱起，故意用鬍子去搔牠的癢。牠最討厭我這樣。

我就這樣抱著牠，從天光沉澱到另一個天黑。

叮嚀嚀嚀。

哎呀，這麼快。

最後一晚・拿水壺的鍾無艷

最後一個晚上
拿水壺的鍾無艷

我單手抱著夢露，站到吧檯後面說著最後一句開場白：「歡迎光臨，這裏是遺憾萬事屋。」

站在木門後的是一個年輕人。穿著緊身褲顯得他更瘦削，唯獨是上身的皮革外套為他稍微添點分量。

他的五官尤其深邃，只是臉上長了一個胎記，一片瘀紅色由左眼伸延至鼻翼。

以貌取人的話，他本該活在春秋戰國。我頓時覺得他有點眼熟，可是我沒空考究，眼前正有更重要的事等著辦。

「我知道你是來修改遺憾的，只是未必可以成功。」我繼續說。他來的一刻，我就知道。

鍾無艷一臉狐疑，問：「為甚麼？」

他說話像唱歌一樣，仿如一串驪珠，音泠泠而盈耳。

「先來這邊，請坐。」我指著吧檯前的椅子，說：「關門時，請把『營業中』的牌子翻轉吧。」

他照做了，然後坐到高腳椅上。他是個比大學生還要高的青年，坐下了也能和站著我的對上眼。坐下以後，他把手上一直拿著的暖水壼放在桌面上。

我沒有多加理會，直截了當開腔問他帶著一個怎樣的遺憾來到這裏。

他乾笑一聲，說：「其實，也沒甚麼大不了。」

我有點錯愕：「所以你是認為我有甚麼超能力，能夠這樣就猜到嗎？」

他以笑容稀釋尷尬，呆了好一會兒才開口：「還不是仕途、感情、家庭這些吧。」

「遺憾沒有大小、輕重之分。」我說：「既然你能找來這裏，足以證明你被它折磨得夠痛苦了。」

他沒有答話，讓我說下去：「而今天，就是你放下它的時候。」

「我想要當歌手。」仿如深思熟慮過後，他終於開腔。雖然這些都是我意料之內，但我還得在這個晚上緊守修正師的崗位。只要是坐在吧檯對面的人，他們的故事我都要聽。

「我出生在一個音樂世家，父親是編曲家，母親是當年紅極一時的歌手。弟弟和我一樣自小熱愛唱歌，我們甚至說好長大後要一起當歌手。

奮鬥多年，我們終於得到一家唱片公司的青睞。可是他們說，只能讓一個人出道。

他們開出的條件是讓弟弟亮相，其貌不揚的我就在幕後為他代唱。

『你們倆，取長補短不是挺好嗎？』唱片公司這樣說。

我本來以為弟弟會和我的想法一樣，誰知他竟然說：『我們不是說，要一起當歌手嗎？現在就是實現夢想的時刻了。』

後來我知道他喜歡的不是唱歌，只是名利和優越感。

近幾年，我以他的名義在樂壇活躍起來。我為他寫歌、作詞、錄音和幕後代唱。他在世人眼中成為了全能的唱作人，而且還老是被誇長得好看。這位在樂壇逐漸冒起的新秀吸引了不少聽眾，包括我的女朋友。

因為和唱片公司簽了保密協議的關係，代作代唱一事只有高層和我倆知道。在父母和女友眼中，弟弟是個歌手，而我只是個和他出雙入對的助手。

結果，她離我而去。她說，我沒有天賦，在我身上看不到前途。

怎料她卻愛上了擁有著我那份才華的弟弟。

我希望我從來沒喜歡過這個女生，也沒喜歡過音樂。

恨的根源都是愛，對嗎？」他挑挑嘴角說。

我點點頭，說：「你連說話都像寫詞一樣優美。」

雖然我深信自己應該沒錯，但我還得確認一下。所以，我問他索取了時辰八字。

「這一切都奇妙得不可思議。」他感歎道。

他從己巳年十二月二十四日的盒子抽出一顆載體交給我，抽完過後他的目光仍然停在盒子的波子堆。

未幾，他指著入面一顆透明度相若的波子，對我說：「這是我弟弟的。」

「雙生兒真的有心靈感應？」要是屬實，這樣就太神奇了。想到這裏，我不禁暗笑自己的愚昧。在這家充滿魔力和不解的萬事屋，還有甚麼事情可以比它和我的存在更神奇？

「小時候有，」他回答我的問題：「長大後我已經猜不透他了。」

我無法理解他，只好點頭表示我還在聽。他繼續說：「我沒有怪他，只是歲月令我們變得複雜起來。」

「你有怪上天嗎？明明是雙生兒，他是夏迎春，你卻是鍾無艷。」我問道。

他雙手放在頭後，仰天一笑：「祂還頗公平吧。他有一張漂亮的臉，我也有一把天籟之聲。」

「我有時會在想，讓我選的話會要哪一樣。」

「結果呢？」

「我們終有一天會老去，音樂和熱誠卻恆久不衰。」他的笑容真摯得使人動容，嗓子如是。

我燒了最後一次水，然而水龍頭還未修好。

「喝茶吧。」我把熱得直冒煙的茶杯遞給他：「故意給你熱一點的。」說罷，我把目光放在他那個掉了漆的暖水壺之上。

他朝我微微一笑，一下子喝光了茶。

可是，載體沒有脹大，他也精神奕奕。

「果然是你。」我印證了自己的說法。

「是我甚麼？」他一臉迷惑。

我深深吸了一口氣，想著該如何向他解釋這一切。

對，先由自我介紹說起吧。

我是修正師，職責是為來到萬事屋的當事人修補遺憾。

修正師有一本厚重的手冊，裏面有上千條要遵守的規條。在開始之前，我建議你先讀熟，工作的時候會方便多了。

成為修正師有三個特質：

一，必定要帶著痛苦至極的遺憾。

二，天生對熱茶內的催眠劑有抗體，因此載體不可被切開。

三，其實也沒別的……只是不可對貓毛敏感。

現在，萬事屋正式聘請你成為這裏的修正師。修正師在任期間，不得離開萬事屋半步。

沒有薪酬，沒有假期，上任以後也不能辭職。

你可能會問，那為甚麼這個世上仍然會有那麼多人願意當上修正師？

萬事屋為修正師提供一個福利。修正師一旦上任，可以無條件地喪失在萬事屋外的一切回憶。這輩子的回憶，都可以完全忘記。

契約上的第一句就寫著：**每人與生俱來都有一次修正遺憾的權利。**

可是正如我剛才所說，修正師天生對催眠劑有抗體，我們的載體不可能被切開。換言之，我們永遠不能行使這個修改遺憾的權利。

簡單來說，修正師要永遠帶著遺憾，在痛苦中生活。

因此對於這種人，萬事屋給予我們一個當上修正師的機會。

在萬事屋內，修正師可以忘卻在原來世界的一切痛苦，他只會記得在萬事屋工作和生活的一切。

回憶被刪除得一乾二淨，可是修正師本人的性格、技能和價值觀都會保留下來。

所以，在當上修正師後，你仍然有一把好嗓子，仍然熱愛唱歌，只是你不會再記得音樂為你帶來的痛楚。

聽到這裏，你一定還有很多問題。例如足不出戶如何生活？

別擔心，你需要甚麼只管和夢露說，你要的日用品都會在身後的那個小冰箱出現。

不過，牠是否批准又是另一回事。

噢，差點忘了。這是夢露，品種是短毛摺耳貓。

喜歡的東西是人類的食物和打瞌睡，討厭的東西是貓糧和懶惰的修正師。

夢露是你的上司，你甚麼問題只管問牠。

有時候當事人會開出一些在合約灰色地帶的要求，夢露會作判決，決定你是否可以為當事人進行該項修正。而且，牠也負責監督你有否遵守修正師守則。

在這裏都可算經驗老到的我，先為你簡述守則中最重要的幾條：

首先，要完全依照當事人的意願進行修改。

第二，一個當事人只可修改一個選項。

第三，不可以問當事人的名字。

第四，不可對當事人動情。

當然，還有很多很多。

違反契約的當事人會喪失修改遺憾的權利，同樣地違反守則的修正師也會被革退。

為甚麼我要為你解說這些呢？因為上述的規條，我都在一個晚上違反了。

很帥吧？

違反守則的修正師會被革除職務，下一任修正師會上門接手。交代好一切後，原任修正師必須離開萬事屋。

在原任離開萬事屋後，新任修正師在原來世界的記憶將會被刪除得一乾二淨。你只會記得自己曾經活得很痛苦，可是任你怎麼努力回想也不會想到一點頭緒。在這裏，你可以無憂無慮地生活。

你不用怕餓，因為雪櫃內總會有食物。你不用怕悶，因為每天你會聽到不同的故事。你也不用怕人際間的爾虞我詐，因為在這裏住的只有一隻貓。

在萬事屋內，修正師的時間將會靜止。雖然我們還會見到天亮天黑，時鐘還是會走。可是這些時間都只在當事人身上套用。對於修正師和貓，我們在萬事屋從不老去。

原任修正師在離開萬事屋後，他將和其他當事人一樣，喪失一切有關萬事屋的記憶。

他會回到原來的生活，恢復本來的記憶。

只是作為違反規條的處罰，回憶帶來的痛楚將會加劇雙倍。

諷刺的是無論多痛，失職的修正師都只能活在遺憾裏，永遠不能修改或刪除。

萬事屋才不會體恤你為多少位當事人完成了多完美的修正。一旦違反規條，你只能活在回憶的煉獄中，默默承受著自己的遺憾。

「大致上，就是這樣。」我一邊說，一邊撫摸夢露的雙耳：「有問題嗎？」

「有。」一下子汲取了那麼多資訊，他還能反應過來。

「要是我不答應當上修正師，你就可以留下來？」他問。

我一下子愣住了，笑說：「謝謝你有這個想法，可惜萬事屋卻不是好欺負的。」

「要是我只是違反了一兩條守則，夢露也許還能睜一眼閉一眼。」夢露看著我，知道我說對了牠的想法：「可是我完全改寫了那人的一生，恐怕已經驚動到萬事屋的幕後大老闆了。」

「幕後大老闆？」他反問。

我笑著回答：「我也沒見過他，反正他就是能主宰一切的人吧。」

「那麼，」他又問：「夢露不和你一起走？」

我搖搖頭，在牠一雙圓溜溜的眼睛中看到了自己：「被革退的修正師不能帶走萬事屋的任何物品，或貓隻。」

因為我們來的時候，除了遺憾之外甚麼也沒帶來，所以在今天也不能帶走甚麼。

「我時間差不多了。」我把懷中的夢露交到他手上：「以後就拜託你。」

「夢露，還有萬事屋。」我補充說：「雖然有點舊，可是它幫我擋過了無數次大風雨。在這個瓦遮頭下，我度過了沒有遺憾的十年。」

這時候，夢露輕聲一喊。我再次撫摸牠的頭部，牠想要記住我的指紋，我想要記住牠的溫度。

「夢露在這家萬事屋已經有八百年了。見證過無數次修正師的交接，經歷了無數次與修正師的離別。別擔心，牠只會傷心一陣子。」我在他的耳邊悄悄說。

鍾無艷以一副患得患失的樣子看著我，我安慰他：「你也別擔心，很快你就能扛起這間萬事屋，成為獨當一面的修正師。」

「來，」我喊他：「和我換位置。你站到吧檯後面。」

說罷，我再次扶正了倚在百子櫃的爬梯，再一次點算了契約書，便離開了吧檯的位置。這些，都是我平日最討厭做的工作。

我坐到當事人的位置，看著這個小伙子站在百子櫃前方。

我指著百子櫃，語重深長的對他說：「成千上萬個人的命運，以後就由你守護了。」

「師傅，」他突然喊道：「我可以叫你師傅嗎？」

我只是個剛失業的大叔，受不起這種稱呼，只好腼腆一笑。

「我想知道你為甚麼要幫那個當事人。」

我呆立原地，不知道該如何回答。

到底是為了甚麼呢？不知道我是沒有想過這個答案，還是沒有想過這個問題。

「小伙子，成為修正師其實不是毫無得著的。這十年恍如夢寐，我在這場睡得有點久的夢經歷了很多。

有一個他為了喜歡的人而丟了一條腿。

然後，又有一個他為了喜歡的人而放棄了環遊世界的回憶。

還有一個她，為了喜歡的人而不惜讓自己活在永恆的痛苦之中。

這個世上，每做一件事情都包含著取捨。

所謂的取捨就是：捨你愛的，換取你更愛的。取捨過後，沒有所謂的好結局、壞結局。只要你最後不後悔，沒有人可以批評你這樣做值不值得。

容許我先預告一下，你在這個龐大的百子櫃下將會感到很無力。相信我，你一定會。

明知你眼前的人在踏出門外就要經歷崎嶇的一生，甚至就要死。你也不能向他們透露半句，也不能流露出半分憐憫。

他們親手把命運交託到你手中，你卻要親手把他們推進深淵。

你初初會很不習慣，甚至每個晚上都在哭。真的，大叔告訴你。我當上修正師的頭一個月，幾乎每個晚上都是哭著進睡。你會質疑自己工作的意義，甚至存在的價值。說不定在你當上修正師前，你們還在街上擦肩而過。明明我們和當事人一樣只是凡人，為甚麼要選中我們？

可是有一天你會突然明白，其實在你眼中的悲慘和痛苦，在當事人眼中可能是救贖和快樂。

在世上，神明不會為你的命運負責，修正師也不會為你的命運負責。只有你自己可以選擇自己的命運，就如同只有你本人才能抽出自己的命運載體一樣。

就算眼睛在流淚，膝蓋在淌血，你的嘴巴還得笑著去走完這一生。

明白了這些以後，又或許只是痛得麻木了，你便能持平地完成每一宗修正。我本來以為，這就是一個專業的修正師。

可是原來並不，到了某個時刻，你就會明白修正師的存在其實是有其意義的。

蜜蜂，你知道是甚麼吧？牠們體型小，最有力的攻擊就是尾部的刺。尖刺可以釋放出毒液，嚴重的話可以置人於死地。可是牠們尾部的尖刺連接著體內內臟。一旦螫到別人，牠也會死亡。

可是人們不明白，蜜蜂為甚麼要這麼笨。

小伙子，這就是修正師的課題。

到你明白蜜蜂用生命去作攻擊的哲學，你就會知道修正師存在的意義了。

修正師的遺憾生下來就注定不能被修改。可是其實這樣並不代表修正師要與遺憾共存。我們的遺憾不能被鉗子和剪刀修改，我天真地覺得是因為上天相信修正師有能力靠自己改變命運。

說到底，那麼多當事人的遺憾，都是用這一雙手來修正的。」

說罷，我向他展出築上厚繭的一雙手，彷彿是一張工作了十年的履歷表。

他抱著夢露，聽得入迷。我在他面前擺擺手，將他喚回現實。

「修正師，真的很帥。」他淺淺一笑。

我堅定的看著他，說：「現在你已經是修正師了。」

說罷，我最後一次環顧萬事屋的四周。

我伸手去摸牆上的鐘，仔細回味在這裏的一分一秒。然後突然發覺太多資訊，我像部電腦般當機了。有機會的話，找那個戴著鋼錶的書呆子來幫我更新吧。

我蹲下來去摸著凹凸不平的地板，這些都是我和夢露吵架的痕跡。那雙走遍世界的靴子，最後還踏足過這裏。

我拿起夢露平日用來吃魚的碟子，用衣服拭去上面的污跡。牠吃東西老是不乾淨，就像那個在深夜才吃晚飯的女學生一樣，吃個飯盒都可以狼狽不堪。

我呵出一口霧氣去抹掛牆的鏡子。蝴蝶曾經在這裏回首，她還惦記著么蛾的翅膀。

我一邊將擱在筆筒旁邊的圓珠筆放回筆筒，一邊嘲笑那個想要用筆在契約上簽名的胖子。

我用指甲刮走桌面上的一顆黑點，那是污跡吧。曾經有一個男生，他的臉上也有一顆黑點。他長著瑕疵，卻完美無瑕。迷倒了無數女孩子，還有一個男孩子。

我打開了冰箱，把新的檸檬片放進去。一個老練的嫲嫲說這樣可以辟除異味，儘管冰箱的食物總是不多。

我深呼吸一口氣，彷似還能嗅到那股刺鼻的香水。

最後，我伸手去觸摸陳舊的窗框，手指沾來了幾顆塵垢。我怎麼覺得，它的形狀會有點像金平糖。

修正師在臨走前，卑微得只想取走一顆塵埃。

怎料窗邊吹來一陣強風，把手上的灰塵吹走了。我只好苦笑。

人的記憶果真那麼脆弱？我用心去感受這裏的一切，對這裏的一磚一瓦甚或一顆塵垢都有感情。甚至，還在這裏愛上了一個當事人。

我在踏出這個門口以後，真的會把一切都忘掉？我不相信。

要是我在推門一刻，心中默默回想這裏的一切，可以把它們都留住嗎？

我想和上天抗衡一次。

強風再次襲來，把我頭上的風鈴吹得正響。

好吧，我真的得走了。

我把門牌從「休息」翻到「營業中」，他的修正師生涯正式開始，要學懂蜜蜂的哲學還需要很長一段時間。

「修正師，可以容許我做一件事嗎？」我回過頭提問。只見他生硬地抱著夢露，呆在原地。兩張臉一樣不知所措。

「你要開始習慣這個稱呼了。」我輕嘆一口氣囑咐他。

他木無表情的點點頭，不知道我想要做甚麼。

我伸手到木門旁的電掣，把萬事屋內唯一的燈關掉。

原來當了十年修正師的我，還很懦弱。

面對遺憾，面對罪惡，面對生死，我毫不軟弱。和回憶離別，我卻怕得很。

早就說，回憶於我而言是相當珍貴的。

我終於找到了自己最怕的事情。我不敢再多看一眼，也不敢再多想一遍。

失憶這回事，好可怕。

站在門前，我第一次感受到諸位當事人的感覺。原來，他們都比我更勇敢。

「有些事情不必執意去記著，經歷過就好了。」

這是背包客的聲音，當天他就站在這裏說出這句話。

只要經歷過的話，忘掉一切也真的不要緊？這樣的話，我們還需要對回憶如此珍而重之嗎？

也許，忘記也是一種經歷。

「在相識的一刻，就該準備好離別。」

他的聲音還言猶在耳。我永遠不能知道他到底有沒有後悔進行了修正。可是即將要放棄十年回憶的我，害怕但毫不後悔。我感覺他把手放在我肩上，將生前未用完的勇氣轉贈予我。

在一片漆黑之中，我推開了木門。

我說過，要和你抗衡的。

叮嚀嚀嚀。

我在哪？

我不是要回家嗎，怎會走到這個死胡同。回頭一看，只是一堵被塗鴉過的水泥牆。明明我對這裏一點印象都沒有，怎麼我感覺已經在這裏待了很久，很久。

掏出手機一看，已經凌晨三時了。明天還得上班，我得快——

等等——我的———

雙腳一軟使我瞬間倒地。心臟像被撕開了一般，體內的劇痛令我神志不清，連腦袋也無法正常運作。

難道說，我要死了嗎？

在跌倒的一瞬間，好像有甚麼從口袋掉了出來。

凌晨的舊區，街上人跡罕至，沒有誰來救救我，或替我叫救護車。我在心中吶喊，卻掏不出一點力氣把劇烈的痛楚轉化成微弱的聲音。

在或黃或橘的街燈映照下，有一顆手鞠糖在路中間。

劇痛難當，但腦海彷彿有把聲音告訴我：無論如何，一定要把它撿回。

我在地上匍匐前行，想要去把它撿回來。怎料不足幾公分的距離卻遙不可及。手臂和柏油路不留情地摩擦，可對比起撕心裂肺的痛楚，擦損的傷口根本算不上甚麼。最後決定用上最後一點呼吸的力氣讓自己向前爬行，還好在缺氧之前終於觸及到它。

神奇的是我彷如向身體抗議一樣。越用力捏緊手中的糖果，劇痛就越是被抑壓。冒了一身冷汗，我吃力讓自己坐起來，靠在胡同盡頭喘氣。心臟還在隱隱作痛，可是感覺已經好多了。我看著起皺的糖紙，不知道它有著甚麼魔力。

一夢華胥過後，我再也分不清生和死、夢境和現實。又或許歸根究柢，只會發現兩者本是相同。放空的腦袋著我倚在一堵平平無奇的石牆上喘息，現在就連靜靜地呼吸也會感到幸福。月光打在我的臉上，痛苦中勾出一抹淺笑。

願用我三生煙火，換你一世安寧。

你不知道的一晚 · 踏高跟鞋的白衣天使

你不知道的一晚

踏高跟鞋的白衣天使

有時候我會在想，這個百子櫃裝著那麼多載體，我真的有幸能和他們的主人每個都見上一面嗎？我在這裏也差不多十年了吧。自從當上修正師我早已模糊了時間的概念，反正我不會老去。

對吧？夢露。

我慵懶地伏在吧檯，呼喚在角落吃魚的貓。

萬事屋每天入夜後營業，恭候注定前來的當事人。可是偶爾我和夢露呆到天亮，也沒見當事人的蹤影。不像一般上班族，我對於假期這回事倒不是十分渴求，可能因為我的工作根本不累人。

除了有時候要經歷些揪心的個案，就比如說那個痴情的胖子又或者背包客。

他在新的世界啟程了吧，要一路順風啊。

我打開空空如也的冰箱，想起了最後的幾罐啤酒都和他喝光了。我倆算不上深交，只是湊巧在命運的安排下我有幸陪他渡過了最後一夜。

從水龍頭倒一桶水，把上位當事人留下的痕跡一一洗去吧。我向自己提議道，妄想這個世界簡單得只用清水就可以洗淨。

我把七穿八洞的舊布浸在其中，然後把它拿起。單薄的布無法承受環境突如其來的轉變，只好把多餘的情緒都嘩啦嘩啦地釋放出來。

布說，如果可以的話，我寧可負重去收容所有水分。

那麼我呢，我說。

我沒舊布的豁達，地心吸力也可順道幫我處理情緒吧。

叮嚀嚀嚀。

今天晚上的當事人來了，我提醒自己是時候變回專業的修正師。沒來得及抹地，我用雙手盛著清水洗了把臉，好讓自己清醒點。畢竟一拿起鉗子，當事人的命運就掌握在我們手中。

「歡迎來臨，你是來修正遺憾的嗎？」推門的是個女生，一頭黑色直髮使她看起來相當溫文。從衣著看來她還算年輕，穿著一條簡約的連衣裙，腳踏一雙高跟鞋。她雙手拿著一個沉甸甸的行李袋，恭敬地站在門前。

我正想請她坐下，她卻像留意到甚麼的直走到我面前，靠得相當近，我甚至能嗅到她的鼻息。我一時反應不來，只見她從袋子翻了點甚麼，然後又在我的臉上做了點甚麼。

好奇心和下意識同時叫我去弄個明白，我只好把手放在臉上變得繃緊的地方。

「只是表面割傷，我已經替你消毒並貼上膠布了。」她開口說的第一句話，並不是打甚麼招呼或問甚麼問題。

「謝謝。」而我亦史無前例地把道謝的說話放到開場白之中。話畢我才想起要請她把掛牌翻轉，然後坐到高腳椅上。或許該要怪罪燈光，近距離細看下，我才驚覺自己根本分不清她一張臉是白皙還是蒼白。

還好她沒在意我的凝視，只是把心思落到腳下的夢露身上。

「多大了？」她從椅子上跳下來，蹲在牠旁邊。

我不能直言這隻貓已經至少八百多歲，只好說個笑話：「牠是女生，所以沒告訴我。」

這個圓場打得好，她被我逗笑了：「看來是牠不小心弄傷了你。」說罷，她指向我臉上的膠布。

「沒關係，」我滿不在意的說：「現在還流行男人要有疤痕才帥這種說法吧？」

也許是腿麻了，她沒再蹲下。在重新坐上椅子前，還不忘把裙擺掃好。她笑著抱怨：「要是在急症室的客人也像你這樣就好了。」

不用她多說，我早就猜到她是個護士。雖然她沒穿上制服，一雙柔情似水的眼睛已經使我覺得她相當稱職。

「工作不如意所以來了？」我嘗試猜測。

她搖頭否定：「我的出路算得上比同輩好。況且工作又不是我的人生，這次機會怎可以這樣浪費掉。」

事實上有不少人都帶來了與工作有關的遺憾。無他，只因他們夠運，能夠從事與夢想相關的職業。他們深愛自己的工作，與愛他們的生命無異。

我無意和當事人辯論，轉個話題反問她想把機會用於修正哪個遺憾。

「畢竟一生人只有一次。」一個盡責的修正師有責任多番提醒當事人機會有多可貴。

「一生人只有一次。」她看似在回答又似在自言自語般說：「我一生人就只這樣的愛過一次。」

我對她的答案毫不驚喜，可是我沒打算敷衍平凡沒趣的案件：「讓我想想，是醫生？前輩？還是同事？」

「都不是，」她神色凝重地搖頭，可能在心底暗笑眼前這個大叔看得太多處境肥皂劇：「他是我的病人。」

我連忙拍拍腦袋，好等自己別想無謂的事情。

「他……有甚麼病？」不曉得如何對答下去的我隨便問了個問題。

她非常熟悉，不用多想就回答：「糖尿病、高血壓，近年還在說關節開始疼。」

我感覺有種莫名的不對勁：「我還以為這些都是老人才會有的病。」

「他也將近六十了，」她漫不經心的說：「可是個不折不扣的老人吧。」

「六十歲？」我難掩訝異。

「準確來說是五十七。」

「你多大了？」我想要再三確認。

「二十四，怎麼了？」

「沒，沒甚麼。」

「你們過得不好嗎？」這是句明知故問的開場白。我得到萬事屋已經是經歷痛苦的最有力證明。來到這裏的人，誰會覺得自己已經活得夠好。

　　應該說，住在這裏的人又有誰過得好。

　　我倚在吧檯，等待天使向我講述她誤墮凡間的故事。

「四年前我剛畢業，幸運地找到了私營醫院的工作。」

　　她的臉上稍露疲態，也許這些年經歷了太多，回想起來也累人：

「雖然忙了點，可是薪酬卻很吸引。我不是貪婪的人，只求夠錢養活自己和妹妹就好了。妹妹是個有夢想的人，還有點倔強。為了進入代表隊她每天都在訓練，我們連見面時間不多，她更不可能花時間去工作或唸書。與她相依為命的我自然成為了經濟支柱。

在醫院工作的壓力很大，不少同事壓抑得養出情緒病來。前輩們誇我夠溫柔，也夠刻苦，最適合當護士。其實只是我夠厲害，在病人面前習慣隱藏情緒，在前輩和家人，甚至自己面前也繼續隱藏。久而久之衍生出一個問題，當我不再脫下面具，那麼面具上的這張臉就可算是我的樣子嗎？每每想到這裏我也著自己不用回答，因為大概都不會有答案。

我們在一個深夜相遇，我還記得當晚只有五度，新界地區還要低一兩度，所以我故意為每位病人都拿了一張毯子。那天我值班，剛好負責照顧因疲勞過度而入院的他。他望著裝潢簡潔而不失氣派的單人病房說一個人住太寂寞，問我會不會影響病情。

我如實告訴他，寧靜有助恢復疲勞。

他搖頭說，沒甚麼可以比寧靜更可怕。他有一次夢到自己聾了，結果整整一個星期都失眠。

我手持他的病歷，笑說他五十三歲人還會怕做惡夢。

他直認不諱，說當一個音樂家不再害怕失去音樂的話，他已經死了。

當時我大吃一驚，沒想過眼前一頭銀髮的老人竟然是個負有名氣的音樂家。及後他向我解釋，他屢次出國工作，乘長途機後覺得不適才致送院。

我跟他談上了一夜，他向我講述在音樂界的見聞，這人見多識廣的程度令我懷疑他至少已經活上千年。我抱歉地對他說我沒甚麼故事可交換，要不就把醫院的趣事告訴他，雖然深知我死板的工作不能和他多姿多彩的創作相提並論。誰知他說，他只想要聽我的故事。我不明白，他說他想要聽我是怎樣一路走來，當上護士的故事。

自此，他每個月都進出醫院，住同一間單人病房。有時候只住兩三個晚上，有次還住上了大半個月。即使我不在他的病房值班也會故意竄去看他，而他也總能滔滔不絕地講出精彩的事蹟，使我樂此不疲。

有一次我們聊天，他問我為甚麼制服是淺藍而不是白色。

我說不曉得，笑說這樣就成為不了白衣天使。

那時候他說，我本來也是白衣天使，只是為了救他而墮進凡間時穿過了天空，染上了蔚藍的天色。從那天起，他笑說以後就叫我天使。只是在家人來探病時他只會喊我「姑娘」。

請別誤會他是個騙子，事實上他老早就告訴我他有一個結婚二十多年的妻子，是個過氣但風韻猶存的歌手。膝下還有一對感情很好、一起玩音樂的雙生兒，任誰看都是個幸福美滿的家庭。順道一提，他的兒子比我還要大幾年。

他問過我會否介意和一個能當上自己父親的人談戀愛，我說不在意，反正我沒有父親。

這種關係維持了好幾年，直至妻子發現了端倪和他大吵一場，他才決定和我斷絕來往。曾經我以為只要我夠卑微，就能靜靜地在他的護蔭下躲上一輩子。直至大樹年華老去，不再繁茂而只剩凋零，我才知道他作為男人，窮盡一生也要保護的到底還是家庭，而我從來不在其中。

和他分開後我不敢回去醫院，只怕抬頭望見每個吊架上都是和他的點滴。

我申請休假後賦閒在家，好的是和妹妹見面的時間多了。她不像我，不相像得我幾經以為我們不是親生姊妹。只差兩年的我們一個文靜一個好動，一個忍讓一個敢言。我總是責怪她氣焰太盛，她卻反罵我人善被人欺。

她說音樂家是個有名望的人，叫我去把他的醜聞公諸於世。我斷言拒絕，原因是我想起他時只有餘下的溫存和氾濫的悲痛，卻不帶一點恨。妹妹總是對我的淳厚感到不滿，揚言要他負上代價。這件事上看出了我們有多不同，剛強的她總是不服氣，事事追求公平；只想把悲傷慢慢消化的我毅然加入了一直有所聽聞的宗教組織，悄悄追尋和平。

信仰的確可以使人減輕痛楚，忘掉傷痛。嚴格來說我沒忘記任何事，只是我開始學會只記起事情的美好。我由躲在家中寸步不離，變到積極參加聚會，敢於在人前抬起頭，講述我和他的事。我的生活忙碌起來，看來她也如是，我甚至發現她有好一陣子沒回家。後來我才驚覺她當日說要報仇的事不是說笑。她正和音樂家的大兒子交往，最近還同居了。我說信仰早已令我放下過去，不想我倆再捲入這個家庭之中。聽見此話她又生氣起來，批評我這種態度去待人接物總是吃虧。

雖則我們無父無母，我可不是極權主義的姊姊。我不反對她和任何人在一起，即使那人是他的兒子。最後沒能說服她，我以為讓她慢慢玩膩了便會罷休。」

「完了？」站著聆聽的我腰也痠了，只想她快點委託我幫她進行修正。

穿著連衣裙的天使搖搖頭，繼續說下去。看來宗教的確有祂的魔力，現在她談起這些痛心疾首的往事也能不眨一下眼睛的說出口，難以想像她就在一年前被一個比自己大上三十年的男人折磨得死去活來。她清清喉嚨，又在口中繼續故事。

「我一直以為自己不在意，也以為她很快就會放棄。誰知他們發展得遠比我想像中快，我把這個煩惱告訴宗教組織，他們說她正在受苦。我沒能讀懂箇中意思，他們解釋說妹妹因為仇恨而強迫自己愛上別人，而能夠救她的人只有我。聽後我才恍然大悟，可是那時的她已經泥足深陷，活在自己設計的策謀之中不能抽身。」

她足足花了個多小時來說出自己的遺憾，然而我還未能得知她要修改的選項。

「要我把整件事情直接刪掉嗎？」我接過她蓋好指印的契約，大膽假設。

她連忙擺手說不：「這樣的話，我不就會忘記他嗎？」

我不禁微蹙：「沒錯，可是你和你的妹妹都不用經歷這——」

「只要是有他的回憶，我全都要了。」說話一直委婉的她頭一遍如此的有主見和堅定。

在當事人意志和決心都如此清晰的情況下，修正師也沒有再三詢問的必要。

「我想要保留和他的回憶。」她再說，把語氣放溫柔。

「好的。」她才是回憶的主人，作為旁人的我沒資格批評她的做法。

「還有我加入宗教組織的事件都不能被刪除。」

我暗暗驚歎信仰在她心中的地位。她可能看穿了我的訝異，逕自解釋：「他終有一天會離我而去，要是我沒有這個信仰作支撐，早就活不下去了。」

「明白。」我簡潔的答，沒再質疑甚麼。

她深信只要早一點勸說妹妹放棄為自己報仇，事情就不至會那麼糟。

她給了我要修正的日子，那是在她正式加入宗教組織後的某一天。我問她為甚麼要選這一天，她說妹妹太倔強，她想要利用信仰去說服她。

「你的妹妹很厲害。」我對這個敢作敢為的女生心生敬佩。

天使想起了她，笑說：「有時候，她照顧我的程度令我覺得她才是姊姊。」

「不要緊吧，」我說：「你們互相照顧就好了。」

「對，」她像想起了甚麼，黯然神傷：「一直以來就只有我們在對方身邊。」

「還好，你們還有對方。」我不知道自己有沒有兄弟，只得暗暗羨慕手足的情誼。

她的神色不再憂傷，微微一笑沒再回話。

「我得提醒你，」我雖然理解卻不忘補充：「我們並不能保證你在修正後能夠成功勸止她。」

她點頭表示明白：「我會祈禱的。」

我在吧檯後面，靜靜等她睡去。

「說到底，你的遺憾不是愛過一個比自己大上三十年的人。」我和她調侃：「而是連累了她。」

柔情的雙眸滲出苦澀，她點頭。

「我不後悔愛過他，」她說：「畢竟是他令我第一次感覺到被愛。」

「你還年輕，」我笑說：「將來還會愛很多人，也會被很多人愛。到時候你回望這一切就會取笑今天的自己。」

她把茶喝完：「自從有了信仰，我就只愛一個人。」

我微笑望向上空，讀懂了她的意思。

「在祂的庇佑下，你也相當幸福吧。」我回應。

她淺淺一笑，臉頰的酒窩悄悄浮現：「沒錯。」說罷，她喃喃細說一段話。我想應該是經文，她就一直細語直至失去意識。

天使算不上相當漂亮，但光是這份溫婉的性格也能吸引不少追求者吧。我開始好奇這個五十多歲的音樂家到底有甚麼能耐，還有那個衝動但願意為她付出一切的妹妹，又會是個怎樣的人。

我很快就找到了當天的絲線，讓她約妹妹在家中見面並且說服她。雖然我的工作就到此為止，可是我想知道到底這個信仰在拯救天使後，最後能否救上她的妹妹。

2016年4月3日　下午4時20分　臥室

【已編輯】

天使在一年前的樣子還沒怎麼變，雖然一頭黑髮比現在短了一截，但仍然無減氣質。她在連身鏡前來回踱步，高跟鞋在地上頻繁的敲響好比她急促的心跳。

不知道是否走得累了，她脱下了右腳的高跟鞋，換上了破舊的運動鞋。我大惑不解，兩腳的高低差別使她站得相當不穩，但她似乎毫不在意，看起來甚至會覺得她早已習慣了。

「你來了？」她在空無一人的房間低頭對著鏡子説，看得我心裏發麻。

房間一片寂靜，沒人説話，事實上這裏根本沒有其他人。

她逕自又説：「我知道你想要為我報仇，可是我已經不需要了。」説罷，她慢慢走近鏡子，用帶有溫度的一雙手觸碰冰冷的鏡面。

片刻她抬起頭，在鏡中溫柔的眼神瞬間變得凌厲：「我和他的大兒子發展得正順利，不可能在這個時候放棄。」她擁有著一把年輕人專屬的氣燄，叫誰也不敢靠近。

「戀愛這回事太善變，我不願見到你傷心。」她又回復溫柔，關切的對鏡子說：「我們信仰的人都只會愛領袖一人，而他從不會背叛或拋棄我們任何一個。」

說罷，她掏出一直被衣領遮蓋的項鏈吊墜。那是一個複雜的圖形，遠看有點像顆星星。

激動的她不能相信姊姊說出這樣的話，當場怔住。

她的左手溫柔地捉住右手，想要用眼神和手的溫度說服妹妹：「愛情的真諦就是只愛一個對的男人。」

妹妹冷笑一聲，聽後只是搖頭。她反握左手更堅定地說：「你錯了。」

「愛情的真諦是不愛上任何男人。」說罷，妹妹捏熄了氣燄，粗豪地把天使一擁入懷。

她在她的耳邊細說：「讓大兒子愛上我後，我便會接近他的弟弟。不過最後的打算當然還是讓那個音樂家愛上我。」

天使聽後大感錯愕，她沒想過妹妹的想法會是如此邪惡。

不待她回話，妹妹又說：「還好他不知道你有個妹妹。」

天使不能相信妹妹的計策這樣周詳而不留餘地，她感覺自己已經無法像小時候一樣，以姊姊的身份讓她聽話。

「還好我們也長得不太像，對吧？不像他那對終日在做明星夢的雙生兒。」妹妹揚起嘴角，開起玩笑來：「要不是大兒子臉上有個明顯的胎記，我也分辨不了。你說，那個音樂家又怎會想到我和你是姊妹呢。」

天使不知道自己應否，或有沒有能力再去勸阻妹妹。惡魔種下的想法已經深深地植在妹妹心中，任她多努力也沒能把這根刺拔出來。

此刻她才發現，原來她早已知道被愛是怎樣的感覺。

「謝謝你一直愛著我。」她倚在妹妹溫暖的懷中。

妹妹伏在她瘦弱的肩膀上，輕聲說：「因為你也同樣的愛我。在父母離開的一天，我就發願要用上性命來保護你。」

「你知道嗎，」如果聲線有顏色的話，她的必然是白色：「我的罪孽實在太深重。」

她的宗教只允許信徒愛教主一人，而她對妹妹的愛和罪孽一直成正比地同步增長。作為虔誠的信徒，她深感這種錯已經不能用任何儀式彌補。

「我該走了。」她對妹妹說：「我還得向天上的九神償還罪孽。」

雖然不捨，可是妹妹深明信仰對姊姊有多重要：「我明白了。」

天使的意識變得薄弱，像霧一樣快要融入空氣之中。

失去意識前，她用上最後一口氣輕喊：「亞對索斯。」

天使就此倒在妹妹的懷抱中，沒再醒過來。

妹妹緊緊地抱著遠去的她，聲音輕得像向她耳朵吹氣一般：「不用很久，待我完成後就來找你。」

而我透過載體只見她一邊抽泣，一邊盯著身旁斷開一半的高跟鞋。她跪坐在地，緊緊環抱自己的身體，低聲叮囑自己今後只有一人更要勇敢。

番外篇・給修正師的一封信

給修正師的一封信

這封信是寫給一個生於一九八一年八月一日的男子。如果你身邊有一個這樣的朋友，可以的話，請把信交給他。要是在讀完之後覺得與你無關，也請你幫我把信放下，讓下一個人可以撿到。

不管此刻懂不懂我在說甚麼，也請你務必讀下去。我沒甚麼報酬可以給你，事實上我可能已經不再存在。不過請你相信，我們曾經的確幫過你們每一個，只是你們已經記不起。

親愛的修正師：

霎時之間很難向你解釋這一切，只因時間已經不多了。在這最後的時刻，我想要把一切有關的秘密留在這個世上。無論是萬事屋的，還是我的。

我想告訴你，萬事屋為何存在。

萬事屋之所以會存在，全是因為你們活得太不快樂。負責看守地球的人看不過眼，決定賦予你們一個修正遺憾的權利，而他就是你們口中的大老闆。當然我們不會這樣喊他，這個只是你們凡人約定俗成的稱呼，而我聽你們喊了八百年還是覺得同樣的可笑。

我想告訴你，萬事屋還有守望者。

萬事屋的規模遠比你想像中大。宣傳部負責安排絕望的人來到萬事屋，數以萬計的萬事屋遍佈大小城市的每一個角落。每家萬事屋會有一位修正師，同時亦會有一位守望者。修正師每天晚上招呼一位客人，風雨不改，年中無休，同時看守裝滿命運的百子櫃。守望者的職責就是保護修正師。你曾經說過，修正遺憾是每人與生俱來的權利，不分好人壞人。這樣的話你也應該想像到，無論甚麼人也有機會前來萬事屋。守望者能夠感應到有可能對修正師構成威脅的人。要是覺得修正師無法控制該位當事人，守望者就只好讓他們擇日再來，甚或褫奪他們的修正權。你在任期間，守望者亦多次使用法力保你周全，只是你還懵然不知，暗暗慶幸這個晚上不用工作。

不用感謝我，因為這是我的天職。如同守護背後的百子櫃，也是你們修正師與生俱來的使命。

我想告訴你，我也曾經是人。

該怎樣說呢？我們是人，不過我們不是凡人。

像你們一樣，我們的力量也有強弱之分。通過年年月月的修煉，我們逐漸成形，能力亦會隨之增強。在最初的時候，我只是一團煙。一百年後開始長成人形，那時候我們的能力只夠在幕後工作，就如宣傳部。再經五百年的修為，我們就能夠以貓的形態示人，憑著極其敏銳的感知擔任守望者。你知道我在萬事屋已有八百年之久，好奇的話可以算一下我有多大。我知道凡人對年齡這回事很敏感的。如你所言，始終我是女孩，就不直接告訴你了。

我想告訴你，你是一個與眾不同的修正師。

你是有史以來第一個故意違反規條的修正師。你可真夠膽，在上任第一天就說明違反守則的懲罰是雙倍的痛苦，而且能夠當上修正師的你們，自身帶著的痛楚已經比別人都要厲害。坦白說，初見時我對你並沒甚麼期望。甚至質疑過你有沒有改變別人命運的能力。誰知，你卻比他們都要優秀。

對了。我還想告訴你，以往的修正師是怎樣離開。

既然修正師不能請辭，也沒有故意犯規，你很好奇他們是如何離開的吧？說起來也失禮，這些都是守望者作的決定。畢竟修正師只是凡人，不像守望者般有著成千上百年的修為。他們謹遵規條，卻沒能讓人活得更好。既然他們工作了幾十年也沒能切合萬事屋的原意，守望者有責任讓宣傳部物色新的修正師，讓他們上門接手。

八百年後，終於遇到你。

雖然修正師不能左右當事人的決定，可是在他們來到的當晚，你給予了他們一段寶貴的時光。

我們都知道，他們在踏出門外就會忘記一切。記憶能夠消除，可是人的性格和特質是無法被萬事屋刪除的。就像修正師上任時會忘記一切使你們痛苦的記憶，可是你們仍是你們。你仍是那個沒頭沒腦，只有一股傻勁和真心的大叔。而那些當事人聽過你的說話，離開後也確實有因為你而變得更好。我不是指你作的修改，而是你這個人令他們活得更快樂。

作為人，你或者不夠好，所以才使得你來到這裏。

可是你作為修正師，早已經無可挑剔。

至少，我是這樣認為的。

或許正正因為你們是凡人，所以才比我們更適合當修正師。

聽我剛才這樣說，你可能會很羨慕我們這種人。我們不會老去，也有著洞悉一切的能力。像我這樣修煉得夠久，甚至還能控制人和事。可是你們每個凡人都有一樣我們沒有的寶物——在體內努力跳動的心臟。

坦白說，我並不知道甚麼是心跳。直至眼鏡女學生前來，你叫她去感受肚子裏面微弱的心跳。我聽起來覺得相當滑稽，可是她竟然哭了。

你看每一個當事人的眼神，我都記得十分清楚。

你看胖子的眼神是苦惜，眼鏡女生的是憐惜，背包客的是慨惜，程式員的是可惜，嫲嫲的是珍惜，大學生的是惋惜，刺青女孩的是寵惜，貴婦的是怨惜。在最後你看鍾無艷的眼神是放下。放下修正師這個重擔，還有這家萬事屋和我。

至於杏子的無疑是愛吧。不加修飾，切切實實，由上輩子帶到這輩子的愛。

而你望著我的眼神只有歉惜。

你不必感到對不起，真的。雖然我曾經有那麼的一刻想過，你會一直留在萬事屋，做這裏最後一個修正師。

沒有心臟的我也不曾有過心痛的感覺，直至杏子前來。好歹我守護你也有十年之久，不知何時我也開始能夠感應到你的感覺。自誇點說，這些都要歸功於我的修為。不是我吹牛，始終活了八百年也能讓大老闆滿意的守望者，沒多少個。

我第一次感到心痛，是你得知杏子想要自殺。

當時我很奇怪，我對這個女生並沒甚麼感覺。沒有心臟的我怎可能會為她感到哀傷？那時候從你的眉目，當下我就知道是你的心在疼。只是我的修行已經能令我感受到修正師的感覺。

第二次，是你目睹杏子被邪教控制人生。

第三次，是你看到杏子和佑介分別。

第四次，是我見到你決定救她要犧牲自己。

而這一次，我可以肯定是我自己的感受。因為在同時我也感覺到，你在當刻反而覺得相當幸福。

凡人這種生物，真是奇怪極了。

你或許會很好奇，我是怎樣能夠給你寫這封信。

你關上門的一刻我跑到窗戶窺看。因為以凡人來說，你們的心臟根本不能抵受雙倍的痛楚。所以其實修正師規條打從一開始，就是不平等條約。說到底，都是因為大老闆始終不能完全信任凡人，違反規條的修正師基本上只有死路一條。

大老闆對任何人都不會留情，包括你在內。你在瀕死之時也要撿回杏子給你的一顆糖，我再次感到心疼。奇怪的是，你已經不是修正師，我理應是不會再感受你的感覺。剩下的原因只有一個。

我在上面說過，我不明白你在犧牲自己的一刻為甚麼會感到幸福。

不過在這一刻，我也終於明白了。

雖然你已經不再是修正師，但放心吧。我仍然會履行守望者的職責，阻止任何人傷害你。

即使是大老闆。

還有，別告訴我，你以為是杏子的糖果救了你。

能夠讓你減輕痛楚的，其實也不是甚麼了不起的東西。

只是一千年道行而已。

你不會想像到我在窗的另一邊看著你痛苦掙扎的樣子，心情是如何的難受。要我眼睜睜看著你被折磨至死的話，我實在無法做到。使我始料不及的只是你犯下的錯竟然嚴重到要用上一千年道行方能令你脫險。

可是這樣並不夠，我再用二百年的修為騙過大老闆，確保你不被秋後算帳。至於我的話，嗯，總之，你就不必為我擔心了。

但是若然你會為我擔心的話，沒有心臟的我也應該會感覺到幸福吧。

此刻的只剩下一百年修為的我再也不是守望修正師的貓，而是個可以執筆的人了。

你以三世煙火換她一生安寧，我用上千年修行卻只換來十載痴情。

時間已經不多了，我想他已經發現這一切。我感覺身體越來越輕，大概是憑藉你每晚抱我入眠的溫存，我才不致立刻就灰飛煙滅。希望我能在消失前把這封信寫完，然後打開萬事屋唯一一扇窗，讓它乘風遠去。我知道自你推門離開的一刻，我不再於你的生命存在。可是我仍然懷著那麼一點的希冀，願它會落到你手中。

在此，我以僅餘的一百年道行和你約定：

來世若有幸為人，必要換我擁你入懷，用一顆會跳動的心臟再喜歡你一遍。

《遺憾修正萬事屋》

全書完

來到這裏的人

沒有一個是不可憐的

後記

在寫完<你不知道的一晚>一章後，我預計會有很多疑問。先前在自序提及過，寫作過程一直沒太大阻力，然而這個章節卻是最使我困擾的一章。本來這夜的主人翁是新修正師的弟弟，寫了幾千字，看了幾遍沒發現甚麼問題就把它擱在一旁。個多星期後再翻開，突然覺得它糟透了，甚至不知道自己為甚麼能寫出這樣的東西，於是在當天就果斷決定砍掉重練。由於不想再作拖延，我許下誓言說不寫完就不出門。結果當晚寫到天亮，翌日也蹺課了，才能一氣呵成寫完這一章。

第十一夜給予我的壓力是前所未有的。因為前十夜已經得到大家的肯定，稍加修飾就能收錄於書。可是第十一夜只得我一人看過，就要在書中和大家見面，令我相當不安。我本來希望透過這章與新修正師扣上關係，考慮到追看性也不能遜色，於是得出了一個複雜的故事。怕大家不明白，更怕大家不喜歡，破壞了《萬事屋》的結尾。在此要感謝寫作路上的好友風問徹，感謝他為第十一夜提供了許多意見和讀後感。經過幾番修葺，隱藏的一章就以這個狀態面世。同時也趁這個機會，感謝梁莉姿小姐百忙中也為我的第一本書寫下推薦序。故事在討論區面世前，為世界觀進行邏輯校對的Gawehold和還有讀者兼筆友遍地楓葉亦幫上我不少忙。當然還得感謝家人，雖然到這刻他們也對我寫作一事毫不知情。前陣子母親在家看金像獎，忘了是誰在發表得獎感言，她隨口說了一句：「你得獎的時候也會感謝我們嗎？」，我回答說：「黐線，我又不是做電影。」我並不是刻意隱瞞，只是也沒有告知他們罷了。順帶一提，第五夜順德嫲嫲的原型人物正是我的婆婆。謝謝你所做的一切，我的故事之所以能夠感動人，全因你在這二十一年來多曾多次感動過我。或許現在還不是時候，此刻我只想在你們知道之前寫下一句感謝。

最後還有不單只看完此書，還把後記讀完的新舊讀者們。曾經提及過《萬事屋》是在我相當失落的一段時間寫成，偏偏沒有傷口我就無法寫作。《萬事屋》由悲傷的情緒寫成，可是它本身並不悲傷。因為寫的人不快樂，所以他的文字也不快樂，看到這些文字的人也隨之不快樂。儘管這樣，你們還是看完了所有悲傷的文字，把情緒消化掉後甚至感到揪心或流淚。謝謝你們，即使未有喜我所喜，也曾悲我所悲。

從此，這份悲傷就由我們共同擁有。

願用我三生煙火

換你一世安寧

獨家優惠　限量套裝
簡易步驟　24小時營業

●《診所低能奇觀》系列

●《詭異日常事件》系列

●《倫敦金》系列

●《Deep Web File》系列

●《絕》系列

當世四大天王：
黎郭劉張（上）

圖書館借來的
魔法書

銀行小妹
甩轆日記

HiHi 喇好地地
一個人點知……

我的你的紅的

向西聞記

無眠書

殺戮天國

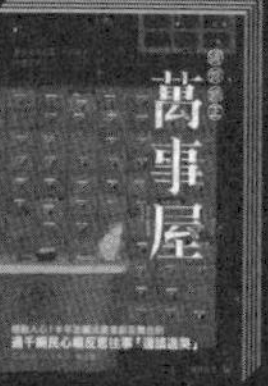

遺憾修正萬事屋

萬事屋

作者　理想很遠

助理編輯　陳婉婷

設計　王子淇
設計助理　郭海敏
製作　點子出版

出版　點子出版
地址　荃灣海盛路 11 號 One MidTown 13 樓 20 室
查詢　info@idea-publication.com

印刷　海洋印務有限公司
地址　黃竹坑道 40 號貴寶工業大廈 7 樓 A 室
查詢　2819 5112

發行　泛華發行代理有限公司
地址　將軍澳工業邨駿昌街 7 號 8 樓
查詢　gccd@singtaonewscorp.com

出版日期　2024 年 6 月 15 日（第五版）
國際書碼　978-988-77957-3-5
定價　$88

PRINTED IN HONG KONG